目　　录

序 ………………………………………… 骆玉明

"人情大似圣旨" ……………………………… 1

佛祖传经 ……………………………………… 6

奉旨取经 …………………………………… 11

好和尚？真和尚？ ………………………… 17

女菩萨？粉骷髅？ ………………………… 22

"出家人说在家话" ………………………… 27

石猴下山 …………………………………… 32

人情练达孙悟空 …………………………… 37

紧箍咒的秘密 ……………………………… 42

孙悟空爱衣装 ……………………………… 47

说"猴气" ………………………… 52

光棍、性与道德意识 ………………… 57

老实人不吃亏 ………………………… 63

一只快活的猪 ………………………… 69

猪八戒发牢骚 ………………………… 74

猪八戒的魏晋遗风 …………………… 80

高老庄 ………………………………… 85

"水在长江月在天" …………………… 91

正果的诱惑 …………………………… 96

取经队伍的分裂 ……………………… 101

江湖行 ………………………………… 107

神仙日子 ……………………………… 112

神仙会多 ……………………………… 117

隐者须菩提 …………………………… 122

豪侠镇元子 …………………………… 127

"泥瓦匠"太白金星 …………………… 132

龙王不好当 …………………………… 138

家有坐骑才是仙 ……………………… 143

基层神仙 ……………………………… 148

妖怪和百姓 …………………………… 153

做妖怪的快乐 ………………………… 158

妖怪转型 ………………………… 163

妖亦有道 ………………………… 168

卑微的小妖 ……………………… 173

铁扇公主 ………………………… 178

称呼的门道 ……………………… 183

方便的哲学 ……………………… 188

人间国王 ………………………… 193

天上人间 ………………………… 198

数字世界 ………………………… 203

"西方人"看中华 ………………… 208

后记 ……………………………… 213

妖怪转型 ……………………………… 163

妖亦有道 ……………………………… 168

卑微的小妖 …………………………… 173

铁扇公主 ……………………………… 178

称呼的门道 …………………………… 183

方便的哲学 …………………………… 188

人间国王 ……………………………… 193

天上人间 ……………………………… 198

数字世界 ……………………………… 203

"西方人"看中华 ……………………… 208

后记 …………………………………… 213

序

骆玉明

　　三个精怪——猴子、猪和大鲶鱼，跟着一个白白净净、哭哭啼啼的和尚去拯救人类。他们走很长的路，遇上各种各样其他的精怪，狮子、老虎、大象、蜘蛛、鲤鱼以及老鼠等等，然后打架，一关一关打过去。其实他们谁也拯救不了，但是路上还是很热闹的。这跟打游戏一样，打的时候非常紧张十分有趣，打完了啥事也没有。所以鲁迅说《西游记》乃是一种游戏的小说。

　　但是也有人不赞成这么看。历来都有人认为《西游记》实包含了深刻的喻意，比较集中的，就是肖能在这本书里提及的那层意思：孙悟空从胡作非为到修成正果，可以理解为一个人克服狂荡的心念而回复清静本心、彻悟世界之空性的过程。而对各种具体情节的象征意义的诠释则是各有妙论，五花八门。有位南怀瑾老先生对《西游记》说过很多话，他认为《西游记》"是一本道书，许多修行道理都藏在故事里"。南先生所说有两句我印象颇深。一句说"须菩提同我一样，不准任何人在外面说是我的学生"，这个是南先生暗暗评价自己，跟小说关系不大；一句说孙悟空那根金箍棒"又软又硬，可大可小"，"就是男人那个东西"，对不对不知道，总之蛮有想象力。

说《西游记》是游戏小说应该不错，这个不需要很多分析，读起来令人欢喜发笑的地方都是这种游戏特性的发挥；说《西游记》有哲理性的象征喻意也不错，因为作者唯恐人不知，在小说文字中再三作出明确的提示。譬如孙悟空师父菩提祖师的道场，是在"灵台方寸山斜月三星洞"，灵台是心方寸是心斜月三星还是个"心"字！重要的事情真的要说三遍哦。二者矛盾吗？倒也并不；也许可以说，在《西游记》里，游戏也是哲理，哲理也是游戏。

我在大学里讲文学史课，把《西游记》称为"大小说"。这不是说它规模有多大，而是说它有非常广大的阐释和演绎空间。这种空间如何得来的呢？就是因为作者从来不用固执和单一的立场来看待事物，他的态度机智多变而诙谐有趣，许多在一般人看来是对立而难以相容的因素在《西游记》里轻松愉快地并存着。你看《西游记》天上地下、佛祖妖魔很神奇是吧,可是不拘什么角色弄不准一开口就是市井或乡间的俗腔;妖精很可怕吗? 谈起恋爱缠绵得很! 猪八戒很蠢? 只不过诗写得差一点,好多话说出来真叫机趣横生。你如果想用固执的理论去读解《西游记》,很容易上当的。上世纪五六十年代曾有一种流行的观点,就是认为孙悟空的形象是"农民起义"的象征。你看他闯龙宫、扰地府、闹天庭,叫嚷"皇帝轮流做,明年到我家",差不多是一个革命英雄了。可是他造反失败,并没有高呼口号壮烈牺牲,而是乐不颠地撅着个猴屁股跟随唐僧上西天取经去了,路上遇到麻烦,不是拜佛便是求神,完全和从前的敌人站在了一起。你难道非要说他"背叛革命"才觉得过瘾吗?

因为这个缘故,读《西游记》令人非常快乐,并且深知思想解放之美妙。我看迪斯尼的动画片,不禁长叹:这些玩意儿怎么能跟《西游记》比? 随便拎起个小妖翻新出奇,也能演出一台远胜过它们的好戏。也是因为这个缘故,《西游记》永远也说不完。每个人都有自己的生活经验、艺术趣味、人生态度,抓一把跟《西游记》一炒,味道大不相同。只要不是死板地谈什么"证道",人还有趣,文章自然好看。我前年出过一本《游金梦》,一部分文章是说

《西游记》的。肖能是我学生，这回也说《西游记》，照样比我说得好。

　　早些时有家报社的记者采访我，谈《西游记》改编的问题，问我：这种改编要不要考虑忠实于原著？我说，对《西游记》而言，不存在这个问题。唐僧师徒取经故事在很长的历史过程中经历了丰富的演变，直到小说《西游记》形成，仍然保持着一种开放性；小说中异想天开、视角灵活的情节，为后人留下了无穷的演绎空间，只看改编者才华够不够用而已。当然，我这说得比较认真，你若去问周星驰，他大概回你一句——忠你个头啊！

"人情大似圣旨"

　　读《西游记》,扑面而来的是很现代的气息。现实中的许多景象,都可以在书中找到先例。比如"人情",即是如此。西方的观察家们,与中国初次接触时,多半都能敏锐地捕捉到这是中国社会迥异于西方的一点。《纽约时报》的一个驻外记者曾写道:中国领导人不理解"水门事件",在尼克松名裂下台后,拟派专机接他来中国。中方的逻辑是,尼克松从大洋彼岸主动伸出手来,促成双方由对立到和好,有功于中方。现在他落难了,当然要有所抚慰,否则就是不近人情。这是中国人特有的待人处事之道。我们不必从典籍里征引圣人的训诲,只消翻翻《西游记》,就可看到人情的逻辑支配着现实世界,天大地大人情最大。

孙悟空不是说过吗，"人情大似圣旨"。他是深有体会的，取经，打的是妖怪，拼的是人情。没有各路神仙的鼎力支持，凭他那点本事，是到不了西天的。面子远比棒子更实用。金庸小说《笑傲江湖》开头福威镖局总镖头林震南教训儿子林平之，说他们福威镖局之所以在江湖上有名头，不是靠实力雄厚，而是各路好汉肯讲交情、愿给面子，福先于威。行走江湖的真谛，便在于此。

人情管用、有效、方便、直接，在《西游记》所拟想的世界中，不管是地府、人间还是天上，一律人情至上。泾河龙王违规降雨，按天条要处以极刑，就向唐太宗讨人情，因为监斩官是太宗的大臣魏徵；唐太宗阳寿已尽，亏得魏徵和主管其事的地府判官有旧，经过人情运作，太宗陡然添寿二十年；孙悟空推倒人参果树，唐僧量小心狠，只给他三天期限求医方，否则念以紧箍咒，叫他痛不欲生。寿星来说情，唐僧忙道"不敢念、不敢念"。石头剪刀布，一物降一物。只要找对人，事情总能成。

人情是怎么产生的呢？人情依附于人际关系，送情给对方，对方领受，才是见情，这个情才流露出来。人情的关键是要见情，见情之法，不能不讲究一番。

最常见的，帮忙、扶危、济困、施惠，对方自然见情。

孙悟空被压在五行山底下,观音菩萨劝他等候取经人。明明观音可以放悟空脱困,偏把机会留给了唐僧。这就意味着唐僧有情于悟空了,悟空欠他一个情。心理上既有亏欠感,那必须实心保护唐僧才算是回报。我们看孙悟空自己是怎么说的,第三十四回中,他发感慨:"两界山师父救了我,我拜了他四拜。为他使碎六叶连肺肝,用尽三毛七孔心。一卷经能值几何!"第八十一回,说得更直接:"我等与你做徒弟,就是儿子一般。"一片丹心保卫唐僧,是念唐僧救他的情分。观音菩萨世故熟透,让唐僧做好人,解救沦为罪人的徒弟,施以厚恩,确保唐僧能组建一支以他为核心的队伍。

给予对方破格待遇,对方也能见情。唐僧自告奋勇去西天取经,太宗大喜,当即与唐僧结为兄弟。从此唐僧身份起了变化,排在第一位的是"御弟",这可是莫大的荣耀,非常人所能享有。果然唐僧感激涕零,马上表决心:"陛下,贫僧有何德何能,敢蒙天恩眷顾如此?我这一去,定要捐躯努力,直至西天。如不到西天,不得真经,即死也不敢回国,永堕沉沦地狱。"太宗给唐僧一个惠而不费的名头,轻轻巧巧地使取经这一桩神圣的宗教使命变成了政治任务。唐僧无能,西天之路凶险异常,可他求取真经的意志从未改变,这里面不能没有感念太宗特殊优待的用意。再看看诸葛亮的《出师表》是怎么说的，"先帝不以臣卑鄙，猥自枉屈，三顾臣于草庐之中，咨臣以当世之事。由是感激，遂许先帝以驱驰"。其实，刘备当时走投无路，多方辗转，不得已依附刘表，自己也落拓不堪，不过是以"皇叔"的空头衔主动探访过身为布衣的诸葛亮几次，这就换取了诸葛亮后半生的鞠躬尽瘁、死而后已。帝王们礼贤下士，让英雄豪杰们为之折腰，说穿了，是懂得运作人情的逻辑。

为对方办了越难办甚至悖理违法的事，越能让对方见情。像如今某些土豪款待朋友，酒桌上好准备濒危、珍稀动物，并且刻意强调是受法律保护的。不懂人情之道的朋友们对此瞠目结舌，胆战心惊，没想到吃个饭还牵涉到法律问题。这除了炫耀有逾越法律的优越性外，也是在放情。取经队伍受阻于小雷音寺，孙悟空求救于武当山的荡魔天尊。天尊表示为难："只是上界无有旨意，不敢擅动干戈。假若法遣众神，又恐玉帝见罪。十分却了大圣，又是我逆了人情。"擅自发兵是有罪的，不合天条，但不能拂孙悟空的面子，最后还是拍板派龟、蛇二神将率五大神龙出山。不惜以触犯天条来援助，可想而知，孙悟空哪有不感念在心的。在收服妖怪后，孙悟空亲送援军回武当，礼数相当周到。

既然人间天上都认人情，那么是非呀，正义呀，公理呀之类的东西确实没有必要分得那么清楚。乌鸡国国王被妖怪害死，但那妖怪神通广大，官吏情熟，城隍常与他饮酒，龙王与他有亲，阎罗王是兄弟，到处都卖他情面；可怜的国王也只好忍气吞声，到哪里去讨公道、论是非呢？姑且老老实实做个孤魂野鬼吧。

是非在人情面前不清不楚，公私同样是模模糊糊。二十八宿之一的奎木狼逃到宝象国为妖，天庭查办发落了，孙悟空对玉帝大大咧咧的，天师笑道："替他收了妖怪，也不倒谢天恩，却就唶唶而退。"明明是天庭管束不严，纵容神仙下界为妖，本属自我纠错，而在天师的心目中却变成是帮孙悟空私人一个大忙。一句话，公义不外乎私情。

再回到"人情大似圣旨"这话上来。第五十三回，师徒一行抵达女儿国，孙悟空空手去求落胎泉水，受阻于门外，于是大言炎炎："人情大似圣旨，你去说我老孙的名字，他必然做个人情，或者连井都送我也。"孙悟空的意思是，以他齐天大圣的赫赫威名，求殊方异域的无名小辈，完全是给面子，对方岂能不领情！就算是圣旨，也赶不上他这份人情的效果。别人认不认不管，至少孙悟空笃信无疑。

这就是：人法天，天法道，而道不外乎人情。

佛 祖 传 经

　　佛祖发了在南赡部洲传大乘佛法的宏愿，论其本意，是不满或者怜悯该域之人"贪淫乐祸，多杀多争"，要用三藏真经来感化他们，劝其向善。问题出在那里的人执迷不悟，思想观念上另搞一套，不信"瑜伽之正宗"，所以须从东土找个一心一意来取经的人。经过这道程序，就把西天的传经转变成东土的取经，把佛祖的予变成了信徒的求。

　　为什么要如此费周折？如果南赡部洲人禀性即恶，何必教化，任其自生自灭不好吗？他们既然愚蠢，毁谤真言，又怎么能轻易接受教化呢？如果南赡部洲的人应予教化且是可教化的，佛祖直接显圣，以无上法力通过神谕、圣迹来昭示真谛不更有效吗？

这里就牵涉到宗教和它的信众之间的关系，而孙悟空的一段话无意中揭示了这层关系。

第四十五回，孙悟空假扮元始天尊，戏弄虔求圣水的虎力大仙等三妖道："我欲不留些圣水与你们，恐怕灭了苗裔；若要与你，又忒容易些了。"这话说得很透彻，佛祖传经料想也是同样的打算：如果不传经，佛教就会失去它的信众；如果直接传经，它的信众又会觉得来之容易，过于廉价，不甚珍惜、爱重。简言之，经不可不传，也不可轻传。说得更明白些，那就是得经要有门槛，要大费周折。经，绝不能由西天单向派送，而必须是东土人主动去求取，更重要的，取还得是高难度的。

难度首先体现在经本身上。东土之人所通行的是小乘佛法，在此之上更有升级版的大乘佛法。观音菩萨在唐太宗举办的水陆法会上对谈得头头是道的唐僧当头棒喝："那和尚，你只会谈小乘教法，可会谈大乘么？"小乘佛法度不得亡者升天，大乘佛法则不然，可以度亡脱苦，寿身无坏，解百冤之结，消无妄之灾。大乘佛法有小乘佛法所难以实现的诸多功能，那东土之人就不能安于小乘佛法，须知西天才是佛法的原创地，而东土只是使用方。

经要取，但也不是随便什么人都能去取，取经有严格的资格限制。这个人当然必须来自东土、笃信佛法,同时又要与西天有渊源。这就有些先有萝卜再挖坑的意味了。数来数去,只有唐僧具备完整的资格。所以,沙僧对假扮孙悟空、意图撇开唐僧自行取经的六耳猕猴说:"自来没个孙行者取经之说","兄若不得唐僧去,那个佛祖肯传经与你!"

取经的真正难度是其过程。

过程中的有些难度是天然的。从东土到灵山,十万八千里,一趟走下来,都是极大的诚意。如果直接分发、保送到东土,得来全不费工夫,也就不稀罕了。再者天然的难度好克服,甚至还是一种乐趣,类似于游山玩水嘛。世界这么大,总有人乐于去看看,而且尽爱往险山恶水、人迹罕至的地方钻,他认为在未知的地域内冒险犯难反有莫大的乐趣,就像王安石《游褒禅山记》所言"世之奇伟、瑰怪、非常之观,常在于险远,而人之所罕至焉,故非有志者不能至也",古代的旅行家、当今的众多驴友不是持如此之念吗?若还能赋首诗、写篇游记什么的,那就更够劲了。

如果一路上时不时出现魑魅魍魉、山妖水怪,制造点有惊无险的恐吓,既能够防止取经队伍精神上的松懈,以为取经与环天旅游两者可以兼得;又可以提升取经队伍对于西天的景仰和敬畏,体会到西天是身体和心灵经受炼狱之后才所攀升到的胜境。唐僧抵达西天取走真经后，观音菩萨特地问一路上担当保护重任的诸功曹、伽蓝等："那唐僧四众，一路上心行如何？"诸神说他们确实"心虔志诚"，尤其是唐僧"受过之苦，真不可言"。菩萨最关心的是唐僧的心智是否在取经的过程中经历过足够的考验和磨炼。

这样看来，妖怪非常有存在之必要，凶恶的妖怪可以提高取经的难度系数。尽管他们作恶多端，造祸一方，但相对于大乘佛法取回以后广被东土、从此度人向善的最终结果来说，还是有价值的。恶，由此说来，不是促成更大范围的善的一个必要手段吗？慧眼能观照四大部洲且心怀慈悲的佛祖之所以容忍妖魔鬼怪在人间的横行而不出手制止、铲除，有可能是出于此念吧。

不过各地自行修炼成精的妖怪数量和法力终归有限，不足以给取经队伍制造太多的麻烦，最好积极增设障碍。所以，观音、普贤等菩萨就亲自出马，乔装打扮，化身美女，有意考察唐僧师徒的定力。但是这种事，顶多是捉弄一下唐僧师徒，突击性地来提个醒儿——佛祖派菩萨们全程都盯着呢，汝等切不可懈怠。而且，这种事以菩萨们的身份和地位只能偶一为之，不能形成固定套路。

于是，有意无意地放松监管，让身边侍从、亲信、宠物下界为妖，刁难取经队伍，成了顺理成章的方案。平顶山上的金角、银角两大王，乃为太上老君看丹炉的两个童子，就是老君应观音之请托化为妖魔，专候唐僧的到来，给唐僧师徒一个教训。观音菩萨自家的坐骑金毛犼以及豢养的观赏鱼也曾相继下凡为妖。

考验贯穿于取经行动的始终。等唐僧好不容易抵达灵山，负责传经的阿傩、迦叶两大尊者当面索要"人事"，事情被捅到如来那里，如来居然偏袒两个徒弟：经不空取向为灵山惯例。你想如来哪会贪这点小便宜，他大雷音寺中奇珍异宝本就无所不有，更何况身为佛祖早已修炼到四大皆空的境界，怎么会对世俗的财物动心？这不过是在重申他的原则：取经是要付出代价的。

佛祖这样煞费苦心地导演一场宏大的取经行动，效果究竟如何不好说；就其所动的心思而言，也不是没有被人注意到。孙悟空就是这样的聪明人，第七十七回，他误信唐僧被妖怪所吃，不禁感叹："这都是我佛如来坐在那极乐之境，没得事干，弄了那三藏之经！若果有心劝善，理当送上东土，却不是个万古流传？只是舍不得送去，却教我等来取。"如果这么容易就把大乘真经送去，那还是佛祖吗？

奉旨取经

　　取经行动,是佛祖决策,观音菩萨具体执行,并负责协调各方面关系。佛祖下达取经任务时,并未明确指定取经人,但其倾向性很明显,属意的是他的转世东土为唐僧的徒弟金蝉子。所以,取经与其说是考验唐僧的虔诚,倒不如说是为增厚唐僧的基层资历,便于他任务完成后好荣归西方极乐世界。观音能高度领会佛祖的意图,执行到位,一入大唐,便找上了唐僧。事情在往如来和观音预计的方向发展。

　　可是,在唐僧那里如来和菩萨的意图落了空,至少是部分落了空。如他们所愿,唐僧确受大唐的委派前往西天。但在唐僧自己看来,这是皇帝交代的政治任务,而不是弘扬佛法的宗教使命。

当唐太宗发问谁愿奔赴西天，唐僧当即闪出："贫僧不才，愿效犬马之劳，与陛下求取真经，祈保我王江山永固。"如果说这是在太宗面前，不得不作此表态，那么一路上唐僧都是很骄傲地打着大唐取经钦差的旗号，哪怕是面对妖怪，就足以说明他的倾向性了。宗教使命使人神圣，政治重任使人荣耀，唐僧身上的荣耀感要远远大于神圣感；如果说这还是有个名义好出国办事、对外交涉，那么有回唐僧旅途生病，把问题想得太严重，准备修书一封，遗憾无法完成任务，叫悟空翻个筋斗极速快递给太宗再派专人取经，人之将死其言也善，此时的表白真实地袒露他的心迹。在唐僧心目中，经首先是为唐太宗而取的。

这也是顺理成章的事。唐僧前世虽是佛祖的得意弟子，今生却是大唐的臣民，而且还不是一般的臣民。其外祖父乃当朝一路总管，父亲是状元且为现任大学士，根正苗红，标准的官三代。由于他的出身正，加之德行又高，一出娘胎就持斋受戒，是个很合适的为唐太宗管理宗教事务的人选。阴间无抱怨之声，阳世才有太平之庆；组织水陆大会，念经超度阴间无主的冤魂，关系到国家的安宁和太平，这是佛门为政治所提供的宗教服务，也是唐僧的职分所在。而超度亡灵，需用到大乘佛法，所以唐僧主动承揽到西天拜佛求取大乘真经的任务。

　　作为披着袈裟的官僚，唐僧本人的政治素质过硬，立场坚定。在大唐之日还看不出来，时穷节乃见，漫长的取经路程给了他充足的表现契机。第四十六回写到他们与蛊惑车迟国国王的虎、鹿、羊等三妖斗法，唐僧对国王说："正是天下官员管着天下百姓，陛下若教臣死，臣岂敢不死？"他可不因自己是中华特使的身份就要求治外法权，而把车迟国国王当作本国皇帝来尊重，无形中承认了君权的普适性。这份忠君敬王的意识比韩愈"天王圣明，臣罪当诛"的自觉层次还要高。第六十八回，唐僧对朱紫国国王畅叙天朝上国"君正臣贤"，为大唐扬威于殊方异域而不是讲论佛法的微言大义，引得国王啧啧称羡，是个够格的外交使节。第八十五回，唐僧和一个樵夫被妖怪绑在一起，念及命在旦夕，放声大哭："可怜，可怜！山人尚有思亲意，空教贫僧会念经！事君事亲，皆同一理。你为亲恩，我为君恩。"临死之前还惦念着辜负君恩，是个忠和尚。这么看，唐僧所率的取经队伍好像是个带有浓厚官方性质的佛教文化交流团，唐僧是个好领队。

　　书中的唐僧之所以如此为之，当然有真实的历史背景。中国历史上，宗教一直没有发展到与政治权力分庭抗礼的程度，基本上是以政治工具的角色而存在。每当宗教的发展超过政治所允许的界限，就会被清理与整顿，佛教便曾遭遇过著名的"三武一宗"的法难。的确，历代都不乏尊崇宗教的皇帝，对某些宗教徒亦有特别的礼遇，但仔细考究，其实绝大部分情况下是把宗教徒视为有秘术的方士或者有智术的谋士。明朝的永乐皇帝身边有个备受宠信的僧道衍，也就是著名的姚广孝，他为朱棣的起兵夺位提供宗教抚慰以及智力资源，立功甚多，凭此享有常人无法企及的殊荣。嘉靖皇帝迷信道士，是希望从道士那里获得长生久视之方，他对道教的义理可没什么兴趣。嘉靖一朝得志的道士群体，并非来自近在咫尺的京师白云观，而是湖北、江西等地①。白云观属两宋之际兴起于北方的全真教，此派自觉与以诞夸面目出现的方士型道士划清界限，而讲究"识心见性"，这自然不合性好长生的嘉靖帝的脾胃。带有神秘气息的宗教，对帝王们来讲，做做姿态，表示礼敬，就可满足政治和个人的双重需要，是很划算的事。

认清帝王们的真实喜好就好办了。

北魏时有个叫法果的和尚，道行很高，皇帝对他有特别的尊崇，任命他统领国内僧人。法果曾经说过：弘扬佛

---

① 见杨启樵《明清皇室与方术》，上海书店出版社，2004年。

法要依靠人间的君主。我们的皇帝就是当今的如来,我之尊帝,其实是拜佛。这个和尚很聪明。他知道佛法虽然是教化世人,但佛法的弘扬,不能只走下层路线。深入民间传教,在平民中推广佛法,成绩越是突出,在大一统的皇权体制下,越是容易遭到权力的猜忌,因为这意味着出现了一股权力所不能掌控的异己力量,在与权力争夺思想领域的控制地位。所以,必须要走上层路线。走上层路线,首要之举是输诚——取得权力的认同,而取得权力认同的前提是尊重它、效忠它。法果和尚放弃了出家人的"沙门不敬王者"的不臣派头,以谦卑、恭敬的姿态对待权力;权力自然"回礼",予以恰当的优待。这样的政教关系就比较和谐,易于稳定。

历史上的玄奘也是个谙熟政治的和尚。他于唐太宗贞观三年出境西行,在外十七年,从天竺归来,暂住于阗,止足不行,特地上表太宗,观测风向;等了七八个月的时间,待太宗终有明确答复,这才启程回国。他当初西行求法是私自出境,违反禁令,如今固然已经得法,但若无皇帝的许可,还是不能在大唐之内名正言顺地弘扬佛法。玄奘带着一大堆来自异域的土特产到洛阳参拜太宗,这可是货真价实的"人事"呀!太宗问他这一路是怎么熬过来的,玄奘会意,马上表示:"既赖天威,故得往还无碍。"

一句话,还是托皇帝您的洪福啊。这话说得太宗皇帝心花怒放。看,玄奘多懂太宗。

　　小说里的唐僧与历史中真实的玄奘,形象、性格自然两异,可都懂政治则是相同的。在中国,不讲政治的和尚可称不上是高僧。

好和尚？真和尚？

唐僧对自己的评价是好和尚。

白骨精蛊惑了唐僧，他肉眼凡胎，只见一家三口而不知是要吃他肉的妖怪，旁边八戒不断撺掇，火气直冒下不来，而沙僧保持沉默；悟空孤掌难鸣，百口莫辩，本人又是个心高气傲的主儿，勉强呆下去也没多大意思，暂时离开，对谁都有好处。他的出走师门，在所难免。悟空倒是大度，非要行礼告辞。唐僧怎么也不受这个礼，咕咕哝哝的，"我是个好和尚，不受你这个歹人的拜"。这是唐僧的自我评价，他自认为是一名好和尚。

何谓好和尚呢？说简单点，是无底线、无原则的以慈悲为怀，所谓"出家人扫地恐伤蝼蚁命，爱惜飞蛾纱罩灯"。而这种慈悲为怀的出家人在悟空眼里乃一个可笑的乡愿之徒。他回花果山,满目荒凉,他的猴子猴孙受天兵的围剿,死的死,残的残。过后又有猎人飞鹰走狗捉猴子,群猴无主,受尽欺凌,苦不堪言。话说之时,又逢一帮子猎人搜山,悟空大怒,施展法术,飞沙走石,把那些来占便宜的猎户打得人死马残,压抑的不满通过大场面的暴力行动宣泄出来,令他大呼过瘾:"造化,造化!自从归顺唐僧,做了和尚,他每每劝我话道:千日行善,善犹不足;一日行恶,恶自有余。真有此话!我跟着他,打杀几个妖精,他就怪我行凶。今日来家,却结果了这许多猎户。"毛泽东读《西游记》,对这一段情节有过批注,说唐僧的善恶观是"乡愿思想也。孙悟空的思想与此相反","他的行善,即是除恶;他的除恶,即是行善。所谓'此言果然不差',便是这样认识的"。这个观点是标准辩证式的,在一定条件下霹雳手段也可以是菩萨心肠,不敢去恶的善是伪善。孙悟空之轻视唐僧,有足够的理由。

唐僧到底是不是"好和尚",实际上徒弟们并不大在乎;他们最关心的,是唐僧是不是"真和尚"。究竟怎样识别、判断一个和尚的真假呢?

包括小白龙在内,四个人保护唐僧去西天,皆是为了修成自家的正果。取经,好像是佛祖为自己听讲不专心而遭贬的徒弟金蝉子私人订制的重回西方极乐世界的专属任务,只有唐僧具备取经的资格。唐僧全程有神佛护法,大家都在暗中罩着他,劫难虽多,终究有惊无险,结局已经预定好了,至多过程曲折、漫长、艰苦点,受受心理压力和磨炼。所以,取经的最大变数,不在于外界的妖魔鬼怪作难,而在于唐僧的内心不宁。一旦他没有经受住考验,方寸大乱,失去了和尚的身份,那就意味着取经任务的失败。总之,只要他自己把持得住,灵山一定是去得成的。

内心的把持既然是取经能否成功的关键环节,那如何证明他内心的纯粹?唐僧手无缚鸡之力,不会杀人,况且杀人也有徒弟代劳,用不着脏他的手。相反,还可借训斥徒弟杀人来表白自己的仁慈与宽大。他是胎里素,嘴唇连素酒都几乎不沾,不会胡吃海喝。至于钱财,唐僧向来不放在心上。唯一有可能干扰和破坏他内心的,是女色。这一点又是唐僧所独有而徒弟们所无法比拟的优势。八戒好色,见色起意的事一茬接一茬,谁都知道他好这口,不值一提;悟空本是好汉,自言打小不知道干那事。其实就是想,别说女神,连女妖也未必瞧得上他,他的猴模猴样,不会给女人以性方面的吸引。唐僧不同,论身份是大唐御弟、佛祖弟子,论人才风姿俊朗、中华好男儿,论学问经纶满腹,男性可见的优点大多在他身上可以发现;更奇特的是,他十世元阳未泄,是四大部洲头一号的奇珍异宝,能和唐僧做成好事,所得的满足感无以言表。唐僧像一盏明亮的灯火,在晦暗的西天路上挪动,令放诞而热烈的女王、女妖们心旌摇荡,如飞蛾般主动投怀。这对唐僧是最危险的考验,直接验证着唐僧还能不能维持一个和尚的身份。

显然,这个考验非常怪异。大唐皇帝超度冤魂的宿愿,佛祖教化南赡部洲人民的美意,三个徒弟修成正果的理想,在唐僧能否如期抵达灵山;而能否如期抵达灵山,在唐僧能否把持内心;而能否把持内心,在唐僧能否抵御美色诱惑;而能否抵御美色诱惑,最终标识是唐僧的十世珍藏的元阳有没有使用。与其说悟空、八戒、沙僧们保护的是唐僧的性命,毋宁说他们保护的是唐僧的元阳。这个东西简直成了真经的兑换证,他们的真正使命是完整地护送这个东西到灵山。一旦唐僧失去了这个东西,唐僧非但不再是唐僧了,而他们也将与正果彻底无缘。

第五十五回,琵琶洞的蝎子精抓住唐僧,要行好事。情况万分危急,悟空救人之前,先和两个师弟开会商议:"只怕这怪物夜里伤了师父,先等我进去打听打听。倘若被他哄了,丧了元阳,真个亏了德行,却就大家散伙;若不乱性情,禅心未动,却好努力相持,打死精怪,救师西去。"这是悟空极少有的主动表示可以散伙,足见问题的严重性;而八戒进洞后,第一句话便是:"那话儿成了否?"听到悟空肯定的答复,仍不放心,接问:"师父曾说甚来。"待悟空说唐僧"衣不解带,身未沾床",一颗石头总算落了地,连说三个"好",赞道:"还是个真和尚! 我们救他去!"好像唐僧真要被妖精玷污,就不配做和尚,没资格当师父,乃至连救他的必要也没有了。

唐僧当然也要保护他的"真阳",他知道失去的后果——"我若把真阳丧了,我就身堕轮回,永世不得翻身",但他本人未必意识到这个东西的确切意义。小到徒弟们的前途,大到天朝上国的太平还有整个南赡部洲民众道德品性的改良,全都寄在这个东西上。这就是事情的荒谬可笑之处。

女菩萨？粉骷髅？

　　钱锺书先生的《围城》写到老派名士对待女人有两类态度：一类是眼观鼻，鼻观心，不敢平视，这是对朋友内眷的礼貌；一是谑浪玩弄，这是对妓女的风流。也就是说，在一部分老派名士心目中，女人分为必须尊重的和可以亵玩的。借用这一分类模式，我们发现在有道高僧唐三藏法师的眼里，女人也有类似的两种：一种是要合掌作什、口念阿弥陀佛的女菩萨；一种是不必假以颜色的粉骷髅。女菩萨，当然指的是正经女性或者唐僧自认为的正经女性，譬如一路上为唐僧提供斋饭的女施主之类。粉骷髅，无疑就是女妖精之流了。

　　对待女菩萨，唐僧一向礼敬有加，严守男女之大防。

第二十七回白骨夫人变作妙龄少妇,风姿绰约地假装斋饭唐僧,唐僧刚开始教训了她一通:你上有父母,下有老公,怎么一个人在山里走,不守妇道? 可怜白骨精,可能做梦也没有想到居然有人拿妇道这个大帽子来压她。所幸她能言善辩,支吾过去,殷勤劝唐僧用斋。唐僧依旧不上钩:假如我和尚吃了你饭,你丈夫晓得,骂你,却不罪坐贫僧也。他饥饿难耐,不惜以念紧箍咒威胁悟空赶紧为他置办伙食,然而在美丽少妇自动送来的斋饭面前,他既不充饥肠,也不餐秀色。女菩萨的称呼,是唐僧特意为他认为的正经女人所披上的道德外衣。

第七十二回,唐僧聊发兴致,坚持一个人去化斋,信步到了一座庄子,见四位佳人在做女红,现场没个男人,于是"不敢进去,将身立定,闪在乔林之下"。可怜的唐僧,躲在树底下,不停窥视四个女人,可能此时他在祈求佛祖保佑好出现个男人让他能堂而皇之地出来。但半晌没动静,他又怕空手而归化不到斋饭,在徒弟面前丢了面子,经过激烈的思想斗争,终于硬着头皮现身,不料还有三位姿容更佳的少女在踢气球,"一个个汗流粉腻透衣裳,兴懒情疏方叫海"。正常男人此情此境不免产生遐想,但唐僧是战战兢兢,走也不是,不走也不是,最后看天色实在不早,只好上前高叫"女菩萨,贫僧这里随缘布施些儿斋吃"。他下了好大的决心才迈开这一步、开这个口。没男人在场的良家女子对唐僧来说比妖精更可怕。

所以,唐僧在异性面前极为拘谨,他缺乏欣赏异性的意识和胆气;而且,情况稍一紧急,唐僧便露羞涩。还是在白骨精那一节,悟空当着唐僧的面打死白骨精的肉身。唐僧嗔怪,以为误杀良民。悟空说:"你见他那等容貌,必然动了凡心。若果有此意,叫八戒伐几棵树来,沙僧寻些草来,我做木匠就在里搭个窝,你与他圆房成事,我们大家散了,却不是件事业?何必又跋涉,取甚经去。"唐僧一听这话,"羞得个光头彻耳通红"。为何这么害羞?他性格软弱,笨嘴拙舌,被悟空伶俐尖刻的抢白镇住,下不了台,来不及生气动怒,羞涩先冒出来。

有意思的是在女儿国,国王见唐僧丰姿英伟,相貌轩昂,起了爱心,樱唇开启:"大唐御弟,还不来占凤乘鸾也?"这样赤裸裸表达爱欲的架势,一出娘胎就当和尚的唐僧哪里经历过,"耳红面赤,羞答答不敢抬头"。不看也是一种看,不过不是念色起意、在心里偷看,而是不知如何接话、应对以及得体地推托和拒绝,因之不敢平视,只能自然而然地低头来掩饰此刻的失态。

不要以为唐僧对女菩萨总是这么紧张,那是因为男女大防作为庄严的道德律条令唐僧不堪重荷;对女妖精则完全不一样,因为那只是具"粉骷髅"。

用骷髅来形容女性,在佛经中是有来历的。据说,将祇园精舍捐给释迦牟尼的富翁须达多,有个叫玉耶的儿媳,她自恃美貌绝伦,盛气凌人,不可一世。须达多请释迦牟尼开导,佛祖带着一位姿色还在她之上的少女亲自为她说法,自负的玉耶亲眼目睹这红颜少女瞬间变成一具白森森的骷髅,由此顿悟美色终究无常,是不可执的幻相。把美女视为粉骷髅,本是佛教破执的方便法门,而在《西游记》中则被用作对不正经女性的蔑称,如第五十五回,唐僧与美艳的蝎子精斗嘴,说"我的真阳为至宝,怎肯轻与你这粉骷髅"。那是说,美丽外表所掩盖的,是如骷髅一样腐败可怖的、无灵魂的躯体。

对女菩萨唐僧以礼自持,羞涩胆怯,可对粉骷髅,若有必要,唐僧可以放得很开;而一旦放开,唐僧由呆头呆脑、笨嘴笨舌的胆小鬼而成一把调情的好手。

第八十二回,唐僧被白毛鼠精捉到陷空山无底洞中,孙悟空溜进洞和唐僧打好商量,叫唐僧与女妖精虚情假意地敷衍,便于他找机会下手。那女妖喊了唐僧两声,唐僧犹豫再三,终于开口回应"娘子,有"。一开口就上路,果然男人在这种情况下都是不用教的,唐僧自然懂得如何来与女妖周旋。头开好了,以下的事顺理成章,两人牵手搂抱，碰杯喝酒，谈情说爱，哄得女妖丝毫不觉其中有破绽，这个时候的唐僧从容自如，没半点脸红耳赤，没半点扭捏作态。之后悟空安排的计策未成，不得已又嘱唐僧把女妖哄到后花园再动手。这难不倒唐僧，他连叫两声"娘子"，令那女妖听得心花怒放；顺便扯个由头，请女妖带他去花园散心。两人携手相搀，同赏佳景。悟空变作一颗红桃，唐僧配合恰到好处，故意请教何以园中桃子颜色青红不一，待女妖含情脉脉地解说后，顺手摘下悟空变作的红桃，献给佳人："娘子，你爱色，请吃这个红桃，拿青的来我吃。"女妖大喜过望，一天夫妻都还没做就这般恩爱，唐僧真是个体贴的"妙人哥哥"。尽管唐僧的所作所为是为了脱困，但要是没有这个粉骷髅，唐僧可能永远不知道他除了是皈依佛门的高僧，若有必要也可是个出入情海的"妙人"。

当唐僧把男女关系放到礼教的框架内来处理时，他总显得那么惊惶、木讷和笨拙；而当他跳出礼教的牢笼，这个时候与他风采相配的情趣自然萌生。旧时的礼教，按其本意，是希望人们自觉地以合乎人性的方式相互交往，但从唐僧的表现来看：当他守礼时，似乎不像个正常人；而不守礼时，反而很像正常人。

"出家人说在家话"

　　唐僧表现出有道高僧身上那种虔诚的信仰、坚执的精神和悲悯的情怀。一路取经，投怀送抱的女妖精接连不断，如果说女妖虽可爱，终是异类，还不足以动心，那西梁女儿国温柔多情的国王则正好适合了。但唐僧仍然坚拒，他经受住了情欲的考验，对得住舍身求法的信仰。取经十四年，风风雨雨，难以尽述，却从未让唐僧后悔踏上征程。这份毅力也是难能可贵的。

　　尽管有时候来得迂腐，对加害他的盗贼也有可笑的宽容，未免泛滥了同情心；不过笼统地说，也与他出家人应有的慈悲形象十分吻合。特别是目睹了比丘国王拿国中一千多个小儿的心肝做药引这残忍至极的事，唐僧悲愤莫名，八戒讥笑他"专把别人棺材抬在自家家里哭"。对比猪八戒的没心没肺，唐僧显示了高僧悲天悯人的情怀。

以上种种刻画了唐僧作为一个够格的出家人的模样。如果《西游记》的作者止步于此，那小说的总体气氛就定格了，是严肃的、庄重的，那就是在表现人的精神的高度；可是小说作者又走了另一条路，他通过唐僧这个人物向我们读者展示了人的精神的宽度。所以，我们看到了超脱世俗的唐僧还有极端世俗、极其世故的侧面。

取经路上，唐僧经常哭鼻子、流眼泪，孙悟空没少骂他"脓包"，没少取笑他"出家人说在家话"。唐僧不具备出家人应有的无所畏惧感，倒像一个离家远行的孩子，一路担惊受怕，总想知道能不能以及何时抵达目的地，好安下心来。哭哭啼啼，还只是性格上天真、软弱的表现，不足为奇；而在生死之交、利害之际的关口，唐僧则不自觉地流露出世故与阴沉，那就相当可怕了。

孙悟空刚从五行山下放出，野性未改，不大服管，于是被诓骗戴上观音菩萨精心准备的紧箍儿，唐僧默念咒语，孙悟空痛得满地打滚，抓破帽子。此情之下，"唐僧又恐怕扯断金箍，住了口不念"。之所以不念咒，倒不是发了慈悲之心，感怀孙悟空的痛苦难忍，而是对紧箍儿的效

28

力还未建立起足够的信心。这猴子的蛮横和强力唐僧充分领教过了,如果他一下子发狠扯断了紧箍儿,失去这唯一的驾驭工具,从此将无宁日。所以,对唐僧来说,在安全感不足的情况下,保护好控制孙悟空的手段是第一位的。面对切身利害,慈悲和同情自然不翼而飞,变得相当老辣,算计精明。

唐僧确很迂腐,但不代表他缺乏心计。情况不利,该低头时须低头,他还是懂得操作的。第五十回,唐僧在孙悟空外出求食、缺乏保护的情况下误闯金兜洞,被独角兕大王拿住。他低声下气地乞求妖王垂怜,首先是推卸责任:"我这两个徒弟爱小,拿出这衣物,贫僧决不敢坏心,当教送还本处,他不听吾言,要穿此晤晤脊背,不料中了大王机会,把贫僧拿来。"一切都是徒弟不听劝、贪便宜的错,把这件事的性质轻描淡写为私拿衣物,然后再不失时机地拍个马屁:"万望慈悯,留我残生,求取真经,永注大王恩情,回东土千古传扬也。"可惜妖王对芳名不感兴趣,最关心的是吃他的肉,令他的一番表白落了空。你可以说唐僧表错了情,但不能说唐僧不懂得演戏。

唐僧缺乏作为精神领袖的担当精神,每遇险情或者前景不太明朗时,不由自主地抱怨徒弟们拖累了他。第十四回,孙悟空打死了六个剪径的毛贼,唐僧大惊:无故伤人性命,"如何做得和尚"! 这话还好,有和尚不得杀生的角色意识,可下面的话就匪夷所思了:"早还是山野中无人查考;若到城市,倘有人一时冲撞了你,你也行凶,执着棍子,乱打伤人,我可做得白客,怎能脱身。"幸亏案发地是荒山野岭,如果放到人烟辐辏的城市里,那他就不好脱身了。原来杀不杀人也不是原则性的事,关键在于是否连累到他。唐僧还叨唠:"你却杀了他六人,如何理说?此事若告到官,就是你老子做官,也说不过去。"城里杀人,众目睽睽,即使"你爸是李刚",也不容易摆脱。话,越说越明白,唐僧最在意的还是他个人的安危。慈悲呀,王法呀,只有在个人的利益和安全得到充足保障的前提下才得以释放出来。

第五十六回很有趣:孙悟空打死几个毛贼,唐僧又絮叨起来,为亡魂念经祷告:"他姓孙,我姓陈,各居异姓。冤有头,债有主,切莫告我取经人。"连猪八戒在旁也看不过眼,说"师父推了干净"。孙悟空放出狠话:"不论三界五司,十方诸宰,都与我情深面熟,随你那里告去。"由于早就见识到孙悟空的人情和面子,唐僧马上变脸改口:"徒弟呀,我这祷祝是教你体好生之德,为良善之人,你怎么就认真起来。"既撇不开自己,又要得罪孙悟空,还被八戒嘲弄,实在划不来,好在唐僧很善于变脸,马上说两句好话哄哄猴子,妙的是还顺便"倒打一耙",暗责孙悟空不能消受他祷祝的美意,过于"认真"了。

这么说,是否意味着唐僧有某种程度上的人格分裂呢？其实,出家人的超脱、坚执,与在家人的世故、阴鸷,这两幅面孔是一致的,两者互为补充。取经是项伟大的事业,它承担着教化贪残好杀的南赡部洲民众的使命。但凡人的使命感一起来,他就不自觉地设定和认同自我的不可或缺了。他可以舍生赴义,因为大义就在他身上,即便死,也死得其所,死得堂皇轰烈。这是唐僧作为出家人超脱生死的一面。同时,也正因为大义在他身上,为完成宏愿,他可以心安理得地通权达变,包括不惜阿谀和恭维妖怪；也能坦然牺牲追随者以维护自己的安全,好几次想驱逐孙悟空,动机即在此。这就是他作为在家人随顺世俗的另一面。

石 猴 下 山

.

花果山水帘洞是洞天福地,有喝不尽的甘泉,吃不完的甜果,赏不厌的美景,没有山禽野兽的骚扰,无须纳粮服役,也不必守王法、学圣谕;就内部来说,尽管有简陋的政权,分个君臣佐使,但上下之间关系简单、淳朴和融洽,老猿小猴,并怡然自乐。这是个专属于猴子们的自在、自足的世界,足够圆满,为什么石猴还心怀缺憾,执意走出花果山?

源于他的一次喜极而泣。某天与群猴喜宴,无端流下眼泪,他突然想到:活着虽然不受人间法律的管辖,但终究难免一死。一个见多识广的老猿猴感叹这是他"道心开发"。这直接促成了石猴的下山,云游四方,寻访有道的神仙,定要学长生不老之方。

"道心"出自《伪古文尚书》中的"人心惟危,道心惟微。惟精惟一,允执厥中"。这个概念经由宋代理学家的阐发,成为理学的核心。老猿猴提到的"道心",当然不是理学中玄之又玄的道心,琢磨它的意思,可能是指对待生命的自觉意识。死生亦大矣,他觉察到了死亡是人生最大的问题。他能从眼前的欢快中,体悟到承载着这欢快的生命本身之无常、有限而黯然神伤,确有慧根。

其实,我们仔细想想,石猴的下山有其必然性。他从石头里蹦出来,这本身就有很强的隐喻色彩。就是说,他无父无母,赤条条的,这就意味着他是个纯粹的自然的精灵。他的诞育、他的形象,是道家自然哲学的寄寓和象征。简单来说,道家视野中的"自然",是最理想的存在状态,它真实而圆满。花果山的生活,从表面上看确实"自然",可是这种"自然"是未经考验和证明的,只是猴子们在与世隔绝的前提下的一厢情愿的幻想。即便如此,它也会在一种无法规避的力量面前暴露出它的边界,这种力量就是死亡。死亡以其冷峻的面目告诉猴王及其猴子猴孙们——你们别以为活得很"自然",这不过是你们的自欺而已。这种生活既不真实,也非圆满。

真正"自然"的生命,一定要超越死亡所规定的有限性,由此它就不仅仅是单纯生命长度的无限延伸,还有生命厚度的无穷增加。就前者来说,它应表现为"长生",不老乃至不死,是这一理念的形象化的说法;就后者来说,它应表现为"厚生",好玩和作乐是它的主题。

对一个为"自然"而生并追求"自然"的精灵来说,花果山是好,可惜太狭小了;猴群确实和谐,可惜太单一了。这不足以让他领略和享受自然生命的极致。所以他必须走出花果山,所以他要在更大的空间、更复杂的人事中随心所欲地快活着,所以只要有可能,他会把整个天地都作为他的游乐场,或者说把整个天地都当成他的花果山。

他也确实是这样做的。一方面,他寻访名师,追随须菩提祖师学到了长生术,还跑到阎王那里勾销了死籍,他盗喝仙酒、盗吃仙丹,举凡延寿长生的法子他一股脑做彻底。更重要的是视天地为乐园的另一面。

他当山大王,招揽江湖好汉,称兄道弟,黑道吃得香;他当齐天大圣,游荡于诸神间,交朋结友,白道混得开。他从唐僧当和尚,一路降妖除魔,普助众生,到处为他造祠立像,人间领他的情。无论干什么,他都干得动静大,热热闹闹,有声有色,无他故,事情做得越大,所获的快乐也就越多。

就是除妖,他也不是出于正义和道德,而是有趣和好玩。每每听到有妖怪出没,猴子的第一反应是"买卖"来了,把打妖怪当成做买卖,这意味着有活可干,有风头可出,有乐子可享,有名头可赚。仁者因行善而快乐,猴子恰好相反,因快乐而行善。正因为如此,他从不讳言他当妖怪吃人的"恶行"。有人随着发达而可能会有意掩饰过往的不堪,猴子没这虚伪,对他来说,每种快乐都是难忘和珍贵的,哪怕是所谓"作恶"。就是具体打妖怪,他也不以取胜为唯一目的,而是要打出花样,打出特点,打得尽兴。譬如他的七十二变的本事,就帮他遂了愿。七十二变,是随心所欲改换角色的能力,可以变作妖怪的亲人骗妖怪磕头、讲真话,可以变作小虫子钻进妖怪的肚子里牵肠扯胃,令妖怪乖乖听话。英雄临敌,胜之有武;小人作战,为赢无所不用其极。两者猴子都不赞同,都有偏颇,他不是英雄,也不是小人,他不比英雄须以光彩的方式来赢,也不做小人为赢而赢,他只求赢得好玩。降妖除魔,是一场游戏,但不是梦,而是他真实的生命本身。

他造玉帝的反,当着如来的面说要取而代之,也非想当最高领袖。如后来他把乌鸡国国王起死复位,国王非要让出宝座作为酬谢,石猴说若他肯做皇帝,天下万国早就做遍了。"若做了皇帝,就要留头长发,黄昏不睡,五鼓不眠,听有边报,心神不安;见有灾荒,忧愁无奈",他是做不惯皇帝的,宁愿当散漫的和尚。这是他的体验之谈。他当猴王,为花果山树立了四方朝拜的江湖地位,让猴子们从此站起来、倍觉荣耀,与此同时也带来巨大的灾难,天兵天将的围剿不消说,在他被压在五行山下的数百年岁月里,群猴无首,连寻常猎人都敢轮番上山捉猴子。但猴子猴孙们的命运他似乎从未牵挂过——若把猴子们全装进脑子里,填得满满的,操心其吃喝拉撒,承载其生死祸福,称王称帝就不再那么好玩了,这于石猴的本性而言,绝不相宜。他闹天宫,不是他的预谋,也不是他想要的结果,是事到临头,不得不如此,也大不了如此,无所谓。

　　走出花果山的石猴,最终的归宿只能是当和尚。做个懒散的出家人,最合"自然"。因为以这种方式活着,才是赤条条的,才有真正的无所牵挂。其实,说他的归宿是当出家人,有些不妥。他是石猴,本来无家,又何来出家?他的兵器是条棍子,叫"如意金箍棒",我们顿时明白它的寓意了,兵器如人,他就是条彻彻底底的光棍,他自始至终保持着光棍本色,只有成为真正意义上的光棍,才可芒鞋破钵随缘化,这才是他们这类人的如意人生。

人情练达孙悟空

孙悟空的心高气傲一向引人注意,那种藐视强权的气概令人欣赏有加;而他善结人缘的特点,似乎不那么受重视了。实际上,高傲和卑顺在人的身上往往是适时并存的。

孙悟空曾说过"人情大似圣旨",他是充分领略到人情的重要性,也享受到人情带来的好处。因此,我们可以很合理地推断孙悟空擅长结交,社交能力不错。

取经队伍的顶头上司是观音菩萨,缺乏她的关照,取经断难成功。孙悟空的骄傲不免有时候让他对观音嗤之以鼻,比如就曾骂过观音"活该她一世无夫",对于一个身处尊位同时又无爱情滋润的高龄未婚女性来说,这咒骂够恶毒的了。不过孙悟空是明事理的,他知道取经的大业依赖观音菩萨的全程扶持。牢骚归牢骚,该尊敬的时候他绝对不含糊。

红孩儿之难,孙悟空一时束手无策,上普陀山请观音相助。菩萨让他先行过南海,孙悟空磕头:"弟子不敢在菩萨面前施展。若驾筋斗云啊,掀露身体,恐菩萨怪我不敬。"如果驾云过海,海风掀开他的虎皮裙,不太雅观,将会污染高贵的菩萨的眼睛。孙悟空颇懂得照顾作为女性的观音菩萨。

菩萨之流的人物,安富尊荣,长生不老,人生没什么缺憾。如果说还有在意的东西,恐怕是他们在人间的荣光、在信徒心中的声誉。通天河的鱼精作祟,观音出面收服,正要回南海,孙悟空说:"且待片时,我等叫陈家庄众信人等,看看菩萨的金面:一则留恩;二来说此收怪之事,好教凡人信心供养。"明明是观音的疏漏,放纵了鱼精,祸害陈家庄的老百姓,而在孙悟空的一番说辞下,居然变成降魔除妖,拯救生灵,功德无限,弥补了菩萨的失误,维护了菩萨的威望。所以,菩萨这次也不急着回南海了,欣然赞同:"也罢,你快去叫来。"八戒和沙僧于是飞奔至陈家庄,高呼:"都来看活观音菩萨! 都来看活观音菩萨。"自然而然的,"一庄老幼男女,都来河边,也不顾泥水,都跪在里面,磕头礼拜"。老百姓是善良、淳朴的,他们无从准确辨认他们祸福的由来,当有人为他们驱除祸害、带来安宁时,他们会付出他们的虔诚,尊之为神,顶礼膜拜。从古至今,人民大众的偶像、救星、保护神,多是被这样塑成的,当然少不了孙悟空这类伶俐人的居中帮衬。

对玉帝和如来这两大神佛系统的最高领袖,孙悟空一向龇牙咧嘴,不大恭敬。"玉帝老儿"的称呼从不离口,称如来是"妖精的外甥"也无什么忌讳,这是他自由的天性使然。不过,遇上做顺水人情来讨好的机会,他也不会轻易错过。第九十二回,师徒一行遇上青牛山的三只犀牛精,孙悟空上天庭讨得救兵,杀了妖怪,割下牛角。孙悟空进行如下分配:由下凡协助他的星官带四只回去"进贡玉帝",自己则随身携带一只"献灵山佛祖"。这就叫口非而心是、名不敬而实惠至。玉帝和佛祖天上地下什么珍稀的宝贝没见过,区区几只犀牛角又何足道哉?但毕竟是一份忠诚恳恻之心,想必在他们看来,孙悟空还是心有君上的,没白压五百年。

二郎神曾经是孙悟空的死对头,两人鏖战激烈。在祭赛国的碧波潭,孙悟空拿九龙虫没辙,正好碰上出来打猎的二郎神,准备借助他的力量。孙悟空怕贸然求助,二郎神不答应而伤了面子,先派猪八戒出面邀见。客套过后,孙悟空文绉绉地说:"向蒙莫大之恩,未展斯须之报。虽然脱难西行,未知功行如何。今因路遇祭赛国,搭救僧灾,在此擒妖索宝。偶见兄长车驾,大胆请留一助,未审兄长自何而来,肯见爱否!"向来说话不拐弯的孙悟空此次居然拿腔捏调,谦卑十足,很是少见。既然给足了面子,二郎神也就乐得送上顺水人情,欣然允诺。没有永远的敌人,只有永远的朋友,这大概是孙悟空的信条。

或许有人说,孙悟空之所以屈从于玉帝、如来、观音、二郎神等实力派,是为了营造有利于取经的外部环境。毕竟,人在屋檐下,不得不低头。取经之路,说到底是孙悟空收敛恣肆的性格而变得成熟、圆通的历程。这话没错,不过我们也要看到,在取经之先、在他人生最得意之时,他就表现出善于疏通人际关系的性格。

当初孙悟空被封为齐天大圣,虽无实权,可名位至高。孙悟空不甚矜持身份,乐于也善于结交各路大大小小的神仙。有个小细节可以佐证:在万寿山五庄观推倒人参果树后,孙悟空放出瞌睡虫,让留守的清风、明月两道童昏睡过去好开溜。书中特别交代,这瞌睡虫是他与看守东天门的增长天王打赌时赢的。以齐天大圣之尊,与看守天门的卫兵头子赌博,打成一片,往好听的一面说,是他平等观念强,无身份观念;往实际的一面说,是他

40

对三教九流的各色人物都有结交的办法。

像天庭这样最高级别衙门,其门难进,其脸难看,可想而知。孙悟空他自己也不是没有领教过,第一次受太白金星招安,被带上天庭受封,由于兴奋过度,加之又是个毛里毛糙的性格,不等金星就抢先抵达南天门,结果"被增长天王领着庞刘苟毕、邓辛张陶,一路大力天丁,枪刀剑戟挡在天门,不肯放进"。给他火热的兴致浇了一盆凉水,叫他见识到了天门的高大森严。悟空是伶俐人,做了齐天大圣,有的是闲工夫,一下子就和天王们混熟。喝酒赌博,乃天王之流的卫兵们的普遍爱好,悟空投其所好,与其一道呼卢喝雉,忘形到尔汝。他可真会应酬!这么做的好处显而易见,从此凌霄宝殿于他而言有如自家的花果山,进进出出随心所欲,不用另行登记通报,刷脸就可以了。

问题是这猴子的乖巧本事是从哪里学来的,他从石头里蹦出来,无父无母,幼无庭训,哪里懂得伏低做小、适时摇尾巴的道理?当初悟空流浪到菩提祖师处,被收为徒弟,"那祖师即命大众引孙悟空出二门外,教他洒扫应对、进退周旋之节"。看来与人周旋、交际的工夫是在菩提祖师处训练出来的。

紧箍咒的秘密

———

　　如来佛祖在指导取经行动时,给了观音菩萨三个紧箍儿,并作特意交代:如果为取经人收服的妖魔不听使唤,就把紧箍儿戴在头上,自然见肉生根。只要把咒语念上一念,顿时眼胀头痛,脑门皆裂。看来佛祖考虑周全,为取经人准备好神通广大的保镖,同时给予了有效的驾驭手段。吊诡的是,像取经这样伟大而崇高的事业,佛祖居然不是为唐僧配备共仰佛法的同道中人作为核心班底,而首选是桀骜不驯的恶人。不知佛祖是何用意。三个紧箍咒,三个指标,结果只用上了一个,戴到了孙悟空的头上。悟空、八戒、沙僧三兄弟同样触犯天条,皆为戴罪之身,一道保护唐僧取经,何以唯独悟空戴上紧箍儿?

显而易见的原因是他最不老实,不听话,好闯祸。用第八十九回中九头狮子的话来说,那猴子是个"搜上揭海,破洞攻城、闯祸的个都头",如果没有紧箍儿的强力约束,岂不是反了天,贻误取经大业! 所以,特殊人物,特殊待遇。

但紧箍儿不是一般的约束机制。像韩非子所说的帝王驭人有法、术、势三大法宝,紧箍儿不算法,佛教自有清规戒律,那是法;紧箍儿也不是势,唐僧有师父的名义,同时作为取经队伍的领导、核心,兼具父权和君权,自有其势。

紧箍儿属于术的范畴。术,作为控制手段,最最灵活而有效。

它是非常规的,度身定做,一对一,专人专用,自然不能形成一定之规,没套路可讲。像孙悟空,又刁又泼,经常由着性子胡来,不服管,不听劝,用怎么也摆脱不了的紧箍儿来治他,简直是天造地设。

它是非公开的。稍微有自主意识的人,都不会心甘情愿接受他人操控,所以要上手段,只能秘密进行,引君入瓮,令其不觉。悟空被套上紧箍儿,便是观音布下的局,引悟空自己去穿衣戴帽,结果自己把紧箍儿安在了头上,从此交出了自由。那紧箍儿的启动方式,只能放在自家心里。韩非子说:"术者,藏之于胸中,以偶众端而潜御

43

群臣者也。"观音菩萨也是这么交代唐僧的："你可暗暗的念熟,牢记心头,再莫泄露一人知道。"而且,这个东西戴在头上,与脑一体,除了当事人及亲近者,外人无从得知,最是私密不过。当悟空痛得满地打滚,不明内情的人可能还以为他又在借机撒泼呢。

它是非教化的。教化的力量是促人反省、自觉,而术是让人立刻尝到苦楚,知晓厉害。它不是引发人的羞耻感或者罪孽感,由此自勉向善;而是制造痛苦,令人畏惧,不敢不听话。让人怕,比让人敬,对控制者来说更为有效、可靠;对被控制者来说,受疼比怀羞所造成的内心震动要来得更为剧烈、深刻。唐僧若对悟空宣讲佛法,悟空耳朵都起老茧,嫌唠叨和迂腐;但是一旦咒语启动,悟空便头疼难耐,痛不欲生,唐僧说什么就是什么。效果孰佳,一目了然。

紧箍儿最有趣的妙处,在它并非一次性的,并非用过即作废。它百用不爽,戴者挣脱无门。它和收买不一样。收买,也可笼络和控制人,不过这种方式从本质上讲属于交易,一笔归一笔,一次算一次,不具有道义上的内在约束性。何况这种方式有它的边界,收买的边际效用是递减的,所以历史上的开国功臣一般不大喜欢再上战场,即使立下功劳也不比已经拥有的高多少,而付出的风险和

44

成本却很大。紧箍儿不一样，用它可以随时鞭策、牵引人随着指挥棒走。

相比于别的控制方式，紧箍儿的优越性在于它更加主动，在控制的同时能够不被反控制。孙悟空被吞进狮驼岭狮王的肚子里，将计就计，用毫毛变作一根线拴着他的肠子，这种做法有点类似于紧箍儿，不听话就扯一扯线，让他肚如绞痛。可与紧箍咒相比，还属于低级阶段的控制术。一是太血腥，太不体面；二则也不大牢靠。毫毛纤细，容易斩断；最重要的是控制方式落后。你看，手里提根线，拴着妖怪，好像警察用手铐把自己和罪犯一起铐住，罪犯固然不能逃脱，但自己也被罪犯牵制住了。哪像紧箍儿，采用声控机制，声波只要进入戴者的耳朵里，立刻启动紧缩功能，叫他动弹不得。这就是"制人而不制于人"，牢牢把握住控制的主动权。

紧箍儿虽然有诸多难以言说的妙处，还是有它的不足，从本质上讲它还是在用外力强硬、蛮横地使人屈从，这个东西太霸道了，没人是诚服。孙悟空受骗初一戴上这个玩意儿，体会到它的厉害，举起棒子就要打唐僧；取经路上，他一有机会就求菩萨、如来为他解掉。直到完成取经任务，受封为斗战胜佛，还对唐僧说："趁早儿念个松箍儿咒，脱下来，打得粉碎，切莫叫那甚么菩萨再去捉弄他人。"可见孙悟空对这个东西多么恨之入骨、摆脱心切。

　　所以,紧箍咒大有改良的空间。后来者居上,善读《西游记》的人,受到启发,发明了升级版的紧箍咒。譬如,组织里有人威望和能力较强,一把手不放心。抓个机会,让他写份检讨,自我反省,自觉认识到自己的"错误",表态此后洗心革面、重新做人;而不是一棒子打死,给出路嘛,这是"惩前毖后,治病救人"的菩萨心肠。检讨书放进抽屉里,立此存照,备而不用。只要发现风声不对,其人有蠢蠢欲动的迹象,便下发检讨,叫其人公开反思他的错误,并号召同志们一起帮助他来端正态度,这种情况下他哪能不老实服帖且感激涕零的呢? 这一做法,用心光明正大,手段正大光明,不是紧箍咒,胜似紧箍咒,要比动辄令人痛得满地打滚的紧箍咒文明多了。

孙悟空爱衣装

    孙悟空不好食色,不贪钱,不恋权,然而对衣装这毫不起眼的东西却很在意。他人生中的几个最重要的关口,都与衣装有关,衣装确证了他的角色变化。

    第一回,他从花果山出来,漂洋过海,初到南赡部洲,上岸后,"只见海边有人捕鱼打雁,乞蛤淘盐。他走近前,弄个把戏,妆个婴虎,吓得那些人丢筐弃网,四散奔跑,将那跑不动的拿住一个,剥了他的衣裳,也学人穿在身上,摇摇摆摆,穿州过府"。他进入人类社会的第一个行动,就是找件衣服穿上,而且是强剥来的。

    第三回,他从菩提祖师处学艺归来,一身好本领,终于可以吐气扬眉了。跑到东海龙宫讨要兵器,赖到了定海神针铁仍不满足,得陇望蜀,继续缠着敖广,"当时若无此铁,倒也罢了;如今手中既拿着他,身上更无衣服相趁,奈何? 你这里若有披挂,索性送我一副,一总奉谢"。敖广没办法,叫上他其余三海的兄弟们,凑齐了锁子黄金甲、凤翅紫金冠、藕丝步云履等全副装备,猴子满意而归。这猴子其貌不扬,瘦骨嶙峋,像个病痨鬼,穿戴上一身名贵的套装,顿时威风凛凛,有模有样了。四海龙王奉上的衣装,衬托了他笑傲江湖的美猴王的身份。

第十四回,孙悟空在五行山被压了五百年,唐僧把他放出来。本来嘛,一只猴子,全身毛茸茸的,寸丝不挂,也不是说不过去。可悟空不这么想,重获自由,还没来得及多和唐僧寒暄,套近乎,诉衷情,先打死一只老虎,把虎皮剥下来,裁成两副,"收起一副,把一副围在腰间,路旁揪了一条葛藤,紧紧束定,遮了下体"。对悟空来说,找件衣服穿上,遮羞蔽体,比加入释门来得更为紧迫。师徒两人在一处庄院歇息,"行者又有眼色,见师父洗浴,脱下一件白布短小直裰未穿,他即扯过来披在身上,却将那虎皮脱下,联接一处,打一个马面样的折子,围在腰间,勒了藤条"。唐僧夸他,这才有个行者的样子。新服的穿上,无疑这是暗示,悟空从今开始重新做"人"了。

问题是,孙悟空缘何对衣装如此用心?

首先大概表现的是他成人的自觉与执着。人类是世界的主流物种，禽兽属于异类，获得人身，是它们的终极理想。第四十九回，通天河的白鼋驮着唐僧师徒过河，他期望唐僧帮他询问能知过去未来之事的佛祖，"我在此间，整修行了一千三百余年，虽然延寿身轻，会说人语，只是难脱本壳。万望老师父到西天与我问佛一声，看我几时得脱本壳，可得一个人身"。这是白鼋之类的异类们的理想，当然也是孙悟空的。人和兽最直观的区别在于，动物可以赤身裸体，而人必须要有穿戴。第三十四回，孙悟空变作小妖倚海龙去压龙洞请老妖婆吃唐僧肉，如果装到底的话，那要跪拜妖婆的，他心有不甘，寻思："我为人做了一场好汉，止拜了三个人。"他自恃好汉，爱惜自己作为人的身份，可是如果连衣服都不穿，光着屁股到处窜，岂非太丢"人"！好不容易获取人身，当然丢不起人。旧上海的大亨杜月笙，发迹后改穿长衫，从此再无改变，并且无论天气如何酷热，他长衫最上的纽扣绝不解开。不做如此讲究，怎能变化气质、与名流要人们周旋？

　　既然爱惜身份，自重为人，那么不能不讲究做人的礼数。孙悟空特会来事儿，心高气傲不假，碰上必须尊敬的人，该行的礼他可从不废弃。三打白骨精后，唐僧决意开除孙悟空，孙悟空临行前定要唐僧受他一拜，小气的唐僧

49

转头不受,悟空硬是施法术,拔下三根毫毛变作己身,四面围住唐僧下拜。唐僧对他不仁,他对唐僧不失其义。即使走人,也要走得占理,尽徒弟最后的情分。讲礼的人,离不开衣装,因为衣装是行礼的最佳道具。我们看第二回,猴子连撞带问,摸索到了斜月三星洞,随着童子进洞之前,"这猴王整衣端肃"。这个时候我们就知道了衣装的妙用了,如果猴子此时全身光溜溜的,撅着个红屁股,凭这副尊荣,怎能表示内心的敬意? 怎能面见道行高深的神仙? 怎能获得神仙的信任而授以长生不老之术? 而有衣服在身,并做整理,这个小小的动作,就能把随意、散漫的态度瞬间转移、调整为严肃、恭敬的心境——这是进入庄重、正式的场合所必需的。

孙悟空爱衣装,还表示他有强烈的羞耻心。我们看上面提到过的例子:他被唐僧从五行山放出来,随即割下虎皮做围裙,遮住下体。这猴子面对着唐僧,赤身露体怪不好意思的,即便将就,也要先把下体遮住再说。有强烈的羞耻心,那就意味着有所不为。尽管孙悟空无法无天,可有的事情他是做不出来的,譬如有损名头的事。第三十三回,孙悟空见识到精细鬼、伶俐虫两小妖手上的宝贝的厉害,准备一抢了之的,本来嘛,他是正义的一方,抢妖怪的东西怎么能叫"抢"呢? 不过转念一想:"不好! 不好！抢便抢去，只是坏了老孙的名头。"他可是闹过天宫的齐天大圣，不能留下欺负小妖怪的名声，丢不起这个人。明抢不行，就用"公平"的方式，用自家的能装天的葫芦去换，并当着小妖的面成功演示装天，令他们心甘情愿交换，还自以为占到了便宜，且把事情做绝——与小妖签订合同文书。

有时候，成也衣装，败也衣装。衣装这个东西既是孙猴子所在意的，理所当然成了他的命门。他初入唐僧之门，师徒关系尚未磨合好，受不了唐僧的迂腐，拂袖出走。后经东海龙王的义劝，回过头来。哪知道唐僧已有观音菩萨相助，为他准备好金箍，夹杂在包袱中，就等他自行入瓮。果然猴子打开包袱，"见那光艳艳的一领绵布直裰，一顶嵌金花帽"，受唐僧的诱导，换上了这身新衣裳，从此金箍儿戴到头上，自由就这样被交出来了。

说"猴气"

　　《西游记》塑造人物，把动物性和人性很好地结合起来，动物性往往成了人物性格的象征。比如说，猪八戒身上就有浓厚的"猪味"，而孙悟空呢，则有强烈的"猴气"。"猴气"和"虎气"不一样，后者相对了然，无非是威风凛凛、霸气十足，"猴气"要复杂一些。究竟何谓"猴气"？我们可以从书中找些材料来分析。

　　最鲜明的特性首推"嘴熟"。人们常说尖嘴猴腮，猴子嘴尖，很容易令人联想到能言善道，伶牙俐齿。第十七回，唐僧和孙悟空师徒二人受困于黑风山的黑熊精。无奈，孙悟空只好向观音菩萨求救，菩萨与他一同降妖。菩萨似乎事先也没多想，不知用什么方法来对付妖怪，孙悟空出了个主意："菩萨若要依得我时，我好替你作个计较，也就不须动得干戈，也不须劳得征战，妖魔眼下遭瘟，佛衣眼下出现；菩萨若不依我时，菩萨往西，我悟空往东，佛衣只当相送，唐三藏只当落空。"这话说得利落，干脆，俏皮，自信，还有股韵味儿，无怪乎宽宏仁慈的菩萨也不禁笑道这猴"嘴熟"。

再少不了的当属"刁泼"。一般骂孙悟空的，都送上一顶"刁猴"、"泼猴"的帽子，此非诬蔑之词，这猴子的刁钻与撒泼是举世皆知。他总是无理三扁担，有理扁担三，极其难缠。第五十回，孙悟空到一老人家化斋，老人表示为难：全家老小六七口，才淘了三升米下锅，且还未熟。让悟空别处转悠。可孙悟空偏偏要赖不走："古人云'走三家不如坐一家'。我贫僧在此等一等罢。"赖上了老人家。老人恼火，举杖往他光头上打了七八下。这下好了，对方先动手了，这当然被孙悟空彻底讹上："老倌儿，凭你怎么打，只要记得杖数明白，一杖一升米，慢慢量来。"碰上这样的泼猴，连如来佛祖也头疼，何况是区区一个平头老百姓。

孙悟空撒泼不仅仅是无理取闹，在理更会趁机闹腾，不达目的不罢休。这是有意无意的半真半假，是机智的博弈策略，以此制造要挟之势，令对方不得不就范，予取予夺。第八十三回,孙悟空以为是李天王的女儿下凡拿住了唐僧,找天王算账。天王当然不予承认,认定他在无事生非,把他绑住。到哪吒讲出真相,天王醒悟,亲手为孙悟空解绑。这猴子平时无理都能找到理,何况这次确实占着理,他也不顾什么齐天大圣的身份、唐僧大徒弟的体统,在地上打滚撒赖,威胁就此去见玉帝,把天王僵在一旁,不知如何是好。要不是太白金星抓住孙悟空的软肋令他不得不收篷,厚重少文的天王肯定要栽在他手上,被他讹点什么。

孙悟空尽管爱耍嘴皮子,刁泼无与伦比,也有些讨人喜欢之处,如他浑身上下散发着"喜感"。第六十六回,孙悟空接连班请各路救兵都奈何不了小雷音寺的黄袍怪,他都有些灰心了,迁怒于值日功曹,要打几棒子来解解气。这功曹说:"大圣,你是人间之喜仙,何闷之有?"这个小小的无名功曹,看人倒十分准确。悟空身上确实有种喜剧色彩。猴子体格精瘦,雷公嘴,屈身弯背,不似昂扬雄武的大丈夫状,即使穿戴齐整,也叫"沐猴而冠",然而孙悟空有"皇帝轮流做,明年到我家"的气魄,他反抗天庭,藐视玉帝,对着如来说:"凌霄宝殿非他久,历代人王有分传。强者为尊该让我,英雄只此赶争先。"大言炎炎,完全是一副以英雄自命的口吻,与其外表的矮小、丑陋反差太大,这大概是孙悟空富于"喜感"的原因之一吧。孙悟空的"喜感",与其性格中的毛糙、直浅多少也有些关系。猴子尽管聪明,这聪明终归是小聪明,关键时刻总因细节问题无法处理好而留下破绽。譬如他屁股那个部位是他的"阿喀琉斯之踵",就多次坏事,在紧要关口功亏一篑。他和二郎神斗法,变成庙宇诓骗二郎神入庙,怎奈尾巴不好处理,不得已化作旗杆,终被二郎神识破。在平顶山莲花洞,悟空假扮九尾狐狸精,煞有介事地骗金角、银角两大王,八戒吊在梁上,居高临下,看得清楚,猴子屁股后的那两块红历历在目,尾巴也掬起来,哈哈大笑,又搅黄了孙悟空的好事。八戒也有喜感,他的喜感来自不聪明,容易轻信、受骗,而悟空的喜感却缘于小聪明,容易自误、露馅。

"猴气"亦包含着"乖巧"的成分。不是说猴子都伶俐、机灵吗?唯有机灵人,才懂得乖巧之道。初到高老庄,悟空先扯过一张退光漆交椅,先安排唐僧坐下,自己再扯过一张椅子,坐在旁边。高太公看在眼里:"这个小长老,倒也家怀。"高太公是说他不客气,完全不拿自己当外人,自己就直接招呼自己了;可悟空先安排唐僧坐下,自己再伺坐一旁,这不是尊师么!他在去对付猪刚鬣之前,特意吩咐太公找几个年高有德的老儿陪唐僧闲坐清谈,担心师父坐不住,闲极无聊,这不是敬长么! 在观音院,悟空事先吩咐寺僧好酒好食款待唐僧,安排妥当,唐僧有着落了,他自己才一再与黑熊精缠斗讨要袈裟,这真是"有事弟子服其劳,有酒食先生馔"。除了少数时刻他傲性大发,奚落唐僧几句,绝大多数情况下对师父是毕恭毕敬,并非怕唐僧念紧箍咒而有意讨好,而是深谙弟子事师之道。他是无法无天的美猴王,也是愿意用心服侍师父的乖徒弟。八戒到花果山请悟空重新出山,有意恭维:"师父说你是个聪明伶俐之人,常时声叫声应,问一答十。"这理由也不尽然是八戒的临时编造,弄来哄猴子,也合乎事实。

在此我们可以做个总结,"猴气"并非单一的性格,它意味着能说会道、撒泼要刁、讨乖弄巧,而这三者再由一定的喜剧色彩来铺垫,则显得可爱多了。

光棍、性与道德意识

现代的一些以《西游记》为题材的影视剧,很喜欢加入孙悟空的情感戏。孙悟空的两性关系在原著中还是个空白,而按照今人的想法,英雄好汉怎么能缺少儿女柔情呢?两者结合,犹如氢原子和氧原子,会产生剧烈的化学反应。所以,编剧们大都热衷于做媒人,想方设法为孙悟空撮合。

可惜原著中的孙悟空在两性方面确实没半点意识。第六十一回,他变作牛魔王去诓骗铁扇公主。那女人信以为真,举止亲昵,"酒至数巡,罗刹觉有半酣,色情微动,就和孙大圣挨挨擦擦,搭搭拈拈,携着手,俏语温存,并着肩,低声俯就。将一杯酒,你喝一口,我喝一口,却又哺果。大圣假意虚情，相陪相笑，没奈何，也与他相倚相偎"。孙悟空此时一门心思琢磨如何把芭蕉扇骗到手，何曾留意情欲大开的女罗刹！第七十二回，七个妖娆的蜘蛛精在温泉里洗澡，场面极尽旖旎、香艳，悟空可没有想入非非，担心有损名头，甚至准备连妖精也不打了，美色于他如浮云。第八十一回，悟空变作不解风情的小和尚与老鼠精在后花园里勾肩搭背，面对女妖的露骨挑逗，毫无感觉。要注意，悟空并不是不知道那事儿的意思，他只是没兴趣干那事儿。第二十三回"四圣试禅心"之时，悟空不屑垂涎美色、想当上门女婿的八戒："他想是离别的久了，又想起那个勾当，却才听见这个勾当，断然又有此心。"可见，悟空咋可能不知道此勾当究为何事呢！

对异性几乎无欲，而又自居为好汉，他是不是更看重同性间的兄弟情谊呢？也不尽然。悟空好结交不假，什么人都能混得熟，但他没有铁杆、至交。非但高高在上的神佛，就连昔日一起在黑道上称兄道弟的，也没见到谁与他特别贴心。他自言在五行山下压了五百年，"更无一个相知的来看我一看"。落寞之意，令人哀叹，真是相识满天下，知交无一人。牛魔王乃他的结拜大哥，曾经一道笑傲江湖，后来却为个人恩怨大打出手，互不惦念昔日的情分；而他对牛魔王的最终身败、家破也无特别的怜惜。就是加入取经队伍,八戒和沙僧两人称得上是正宗的同门,他也从未以大师兄的身份来宽待、呵护。诸如捉弄、贬损八戒的事经常有之,把八戒的笨拙作为他出风头的垫背。好拿人出风头者,势必好拿人出气。第八十一回,悟空中了老鼠精的计,唐僧在他眼皮子底下被掳掠走,"只见那呆子和沙僧口里呜哩呜哪说甚么。行者怒气填胸,也不管好歹,捞起棍来一片打,连声叫道:'打死你们!打死你们。'"无怪乎唐僧批评悟空"你这个泼猴!兄弟们全无爱怜之意"。

无论是今时的同门,往日的天界同僚,还是曾经江湖岁月中的结拜兄弟,悟空均未表露出特别的亲近感。所以,他算是条彻头彻尾的光棍了。奇怪的是,像孙悟空这种类型的光棍对于抽象的道德教条往往比较上心,热衷于维护人伦大义。

宝象国的公主被黄袍怪掳掠,做了十三年的妖婆子,还生下两个小妖儿。重出江湖的悟空老实不客气地做公主的思想工作,语重情长地教诲道:"你正是个不孝之人。盖'父兮生我,母兮鞠我。哀哀父母,生我劬劳!'故孝者,百行之原,万善之本,却怎么将身陪伴妖精,更不思念父母?非得不孝之罪,如何?"不孝的大帽子扣下来,比那金箍棒还要势沉力大!果然,"公主闻此正言,半晌家耳红面赤,惭愧无地"。本为金枝玉叶的公主被妖怪强占为妻,在波月洞里苦挨了十三个年头,失去自由,产下妖种;她所受的欺凌和屈辱并未能得到悟空的同情,这在悟空的眼里反而坐实了她的不孝。就像祥林嫂不甘被她的婆婆转卖,以孤弱之身拼死反抗一众粗野壮汉,把头都撞破了,被迫最终妥协、认命;而在闲人们看来,不能全怪那些男人的强横和蛮力,归根到底还是她自己愿意了。祥林嫂的无助、无奈不仅成不了被同情的理由,反倒是她失节的铁证。

第三十九回,孙悟空和文殊菩萨曾就何谓害人展开过一场小小的辩论。事情的起因是文殊菩萨的坐骑青毛狮子篡夺了乌鸡国的王位,悟空不满菩萨为报私仇而放纵妖怪害人;文殊为之辩护:"自他到后,这三年间,风调雨顺,国泰民安,何害人之有?"好像它这个伪君还当得比较称职、地道,悟空则反驳:"但只三宫娘娘,与他同眠同起,点污了他的身体,坏了多少纲常伦理,还叫做不曾害人?"看来文殊菩萨误解了悟空,悟空所不平的"害人",不是为非作歹、戕害平民,而是玷污妇女、有伤人伦。悟空对"人"不甚在意,而对"人伦"则很敏感。

无独有偶,第七十一回,观音菩萨的坐骑跑到朱紫国做妖怪,抢夺了国王心爱的金圣宫娘娘,悟空同样不满观音的宽纵:"菩萨,虽是这般故事,奈何他玷污了皇后,败俗伤风,坏伦乱法,却是该他死罪。"在这里,孙悟空最关心的不是无辜的皇后沦于妖怪之手,可能惨遭凌辱,而是女人被坏蛋侵犯、玷污,丧失贞洁,把宝贵的伦理纲常给破坏了。

为什么一个赤条条、无所牵挂的光棍,偏偏关心女性的孝顺与贞洁,道德意识这样强烈呢?这可能是不自觉的自我标榜吧。

首先,标榜忠诚。他是造过反的,留有案底,名声糟糕;而且中途撂过挑子,刚被唐僧从五行山下放出,话不投机,甩手走人,把唐僧晾在那里哭哭啼啼。菩萨、唐僧都对他不太放心,紧箍咒就是特意用来钳制他的利器。就连一向稳重、识大体的沙僧,潜意识中都对悟空有些信不过,我们看第五十八回,沙僧误认为是悟空棒打唐僧抢走行李,当着观音菩萨面骂道:"我把你个犯十恶造反的泼猴!"八戒都没这样骂过悟空。为了修得正果,也为了摆脱被猜疑的境地,悟空必须证明或者说必须表白他的忠诚。忠,是孝的放大;诚,是贞的延伸。借孝和贞来说事,无形中标榜了自己的忠和诚。

再者,悟空既然自居为好汉,那就绝不能在"色"上栽跟头、犯错误,否则太不英雄了。八戒好色,成天想着"那勾当",所以令悟空不齿。悟空是讲面子的,行事总考虑是否影响到他的声名。所以,对败俗伤风的事表现得义愤填膺、言辞激烈,同时也就标榜了自己的清白。

看来,当条光棍也不那么容易。

老实人不吃亏

有阵子媒体在宣扬:不能让老实人吃亏。可能是认为,老实人本分、实在,不跑、不要,不爱投机取巧,不好逢迎钻营,不愿溜须拍马,不善耍花样,不知做表面文章,不会自我包装……总之,容易吃亏;而表态不让老实人吃亏,无疑是要端正风气,维护公平。

但老实人真的像我们想象中那么容易吃亏吗?那可倒不一定。

老实人有两种。一种是真老实的老实人。《西游记》以取经为主题,为交代唐僧作为取经人的出场,特意从唐太宗说起。唐太宗在阴间走了一遭,答应阎罗王还阳后送他南瓜。他是重承诺的,还魂后招募人带上礼物去阎罗王那里致意。好端端的,谁人想去阴司地狱呀! 碰巧有个愿死的主儿,叫刘全。他本是个富家翁,责骂了老婆李翠莲几句,令老婆愤然自杀,留下一对儿女昼夜啼哭。刘全不忍,无奈之下,自愿以死进瓜。这里面他没有夹杂私心,本想一死了之的。这个差当得顺利,阎王很满意,随口问起他的情形,一查发现夫妻两人命不该绝;这本在职权范围内,恰好一把手又心情舒畅,特事就特办了,于是刘全老婆借唐太宗的妹妹之身还魂。好事一个接上一个,唐太宗不但把妹妹的衣服首饰当作嫁妆全赐给了刘全,还一并永免刘全的差徭。刘全老老实实,抱着真死的念头下地府为太宗当差,无投机、非分之想,而他此行的回报是巨大的。

另一种是装老实的老实人。猪八戒就是个典型。

猪八戒最喜欢标榜自己的老实。譬如他常说他自己是个直肠子的"痴汉",不但如此,猪八戒的老实名声还传遍整个西天之路,连不少妖怪都听说过。为什么我们说他是装老实? 很明显,真正的老实人不会自我标榜,标榜老实的,多半不老实。问题是,为什么大家都认同八戒的老实呢?

首先是样貌占便宜。第三十二回,孙悟空撺掇猪八戒巡山,知道猪八戒此去必定偷懒,要说谎,准备在唐僧

64

面前揭穿其面目。唐僧不信："他两个耳朵盖着眼，愚拙之人，他会编甚么谎？又是你捏合甚么鬼话赖他哩。"只说过贼猴笨猪，没说过贼猪笨猴的。猪，两个大耳朵盖着眼，天生就是这么一副憨相，很难相信其人心机甚深。

再就是立身的分寸把握得好。八戒从来都是小毛病不断、大毛病不犯。犯点小毛病，那是生活作风问题，人吃五谷杂粮，有七情六欲，谁无个毛病。一点毛病没有，干干净净的，要么是圣人，那要敬而远之，不敢亲近；要么是伪君子，别有用心，深不可测，不得不防，同样不敢亲近。如果有大毛病，那就是大奸大恶之徒，这是品质问题，谁敢接近？唯有身上带点不干不净同时又上不了纲上不了线的小毛病，反而容易赢得人的信任和亲近。最要紧的是，对这些显而易见的毛病，不勉强掩饰。这显示了性格的真实。

猪八戒从不掩饰他性格上的弱点。他胆小，贪吃，好色，懒惰，粗俗，无进取心，随遇则安等等，小毛病不少，但都无伤大雅。他的这些小毛病，集合了凡人身上的种种缺陷。猪八戒似乎也没有遮掩和修饰的意思，一任这些毛病暴露出来，也算坦诚。在某些历史条件下，比如要求凡人向圣人靠拢、结果造成伪善迭生的时代中，作为一种叛逆的心态，宁为庸俗但真实的人，反会成为芸芸众生为人的普遍取向。从这个意义上来说,猪八戒很招人喜欢,因为他代表了人曳尾于泥途的需求。尽管庸俗,但是真实。

观音菩萨点化猪八戒,叫他吃斋把素,专候取经人的到来。猪八戒倒是听话,后来尽管暂时入赘高老庄,有机会大吃特吃,但他绝口不沾荤,他的老丈人高太公对此聊以自慰:"一顿要吃三五斗米饭,早间点心,也得百十个烧饼才够。喜得还吃斋素,若再吃荤酒,便是老拙这些家业田产之类,不上半年,就吃个罄净。"太公是不明内情,在八戒则是颇有自律精神。虽未入唐僧之门,在无人监督的情况下,自觉按出家人的标准来要求自己,果真老实。不过,观音菩萨当初没有明确提到色戒,八戒就装作不知道,和高翠兰好好恩爱了三年。钻了个空子,享受幸福美满的三年夫妻生活。名义上,他可未违背对菩萨的承诺,大节还是可取的,只不过是生活作风不严谨而已。

猪八戒能令人普遍相信他的老实,不在于他从不来虚的,而在于能令旁人一眼洞穿其虚。第七十四回,八戒自夸:"可老实么,我生平不敢有一毫虚的。"这就是假话了。八戒虚的来过不少,也挺会来虚的。四圣试禅心时,唐僧、悟空、悟净均要八戒留下入赘,八戒三次强调:"哥啊,不要栽人么。大家从长计较。"还计较什么,他的心思

66

早已松动,巴不得留下来享福。这个意思不好直接说出口,他想直接找"丈母狼"搭话,可找个什么借口甩开不晓事理的师父和多嘴讨嫌的猴子呢?亏得有急智:"虽熬了这一夜,但那匹马明日又要驮人,又要走路,再若饿上这一夜,只好剥皮了。你们坐着,等老猪去放放马来。"像他这样从来推一下动一下,从来只管自己肚子饱不饱的人,什么时候主动关心过马!拿马出来说事,内心定有所图。所以,猪八戒的老实不在于虚——他的虚就像山涧溪水的清浅,很容易被人一眼洞穿。这就给洞穿者以智力上的优越感和满足感,自然认他的老实。

所以,一个人究竟是否老实,与其说是他本身的性格,倒不如说取决于能否被人承认,特别是有权决定其祸福的"领导"的承认。第七十四回,八戒道"若论老实,象师兄就摆一队伍,也不如我",唐僧欣然赞同:"正是!正是!你还老实。"如果唐僧不认八戒的老实,八戒就不可能在与悟空发生冲突时得到唐僧的偏袒。正因为唐僧作为取经队伍的最高领导,认定了八戒的老实,对他身上的小毛病都睁一只眼闭一只眼,予以包容了。八戒功劳不大,毕竟一路跟着到西天,还是有苦劳的,正果的分配不会落下他。佛祖最了解人,特意授他净坛使者,从此可以名正言顺享受四大部洲信徒的虔心供奉,这是大快朵颐的优差,美得很,装老实的猪最终也没吃亏。

　　所以说,无论是真老实,还是装老实,都不大会吃亏。可能吃亏的,是装得不像,或者说领导不认。

一只快活的猪

　　猪八戒是一个快活至上的人，"耍"是他的口头禅，也是他的人生信条。在他看来，人生应当是快活的，也可以是快活的。

　　人生应当快活，何必自寻烦恼呢？这一点他和唐僧不同。唐僧是有道高僧，悲天悯人。比丘国中，国王受妖怪的蛊惑，要拿一千多小儿的心肝做药，唐僧悲愤莫名，八戒讥笑他"专把别人棺材抬在自家家里哭"。的确，拿别人的心肝做药引与自己有何相干呢？人家是国君，君要臣死，臣不得不死，也有道理！况且，即使从取经的正事来讲，一路上专管闲事，取经何日是尽头！困时睡觉，饿时吃饭，不替外人担忧，不惹不沾边的事，心自清静，烦

69

恼自无。

那人生究竟如何才可以快活呢？八戒当然没能力系统地说出个一二三,但从他的现实行为中,我们仍然可以看出个一二三来。

其一,追求快活的量而不必理会其质。换句话来说,快活的多少比什么样的快活来得更重要。八戒贪吃,对于食物有近乎本能的反应。第五十四回在女儿国,国王命给米三升在路上做饭,"八戒听说个饭字,便就接了,捎在包袱之间",犹如条件反射。是不是他有极深的挨饿体会,所以才对饭耿耿于怀呢？要是这样,"饭"就不是食物那么简单,而是一种理念性的存在,是对某种东西刻骨铭心的记忆和尊崇。如果非要问他一个哲学命题,世界的始基是什么？他可能回答是"饭"。对于吃,八戒从不管吃什么。他不是美食家,不是知味者。据说美食家陆文夫先生招朋友聚餐,只点厨师而不点菜,至于菜则任厨师自行安排,且菜的分量也不多,其目的是"尝尝味道"。老先生的信条是食勿求饱而求美,若想填肚子去面馆吃大碗阳春面好了。这种吃法精致,富于情趣,猪八戒大概从来无此念想与讲究。一万年才熟三十个的人参果,他也囫囵吞枣,张口就咽,全不细细品尝滋味。他从来只会关心一点:有多少可吃。

其二,抓住当下而无须筹算将来。明智的人或许可为将来而暂忍当下的饥饿,正直的人或许可为他坚持的原则而不受唾手可得的酒食。可八戒不这么看,他的脑子里全然没有这些教条。不就是吃个饭嘛,何必搞得那么烦琐。在天上闲来无事的四个菩萨准备对刚搭建起来的取经班子做个中期考核,于是变化出一座华美的大宅子,以招赘为诱饵,考验唐僧师徒的诚意。结果没谈拢,斋饭也不提供,把师徒几个晾在一边。八戒抱怨了:"今晚落得一宵快活,明日肯与不肯,在乎你我了。"说得多干脆、实诚啊!明天的事明天再说,白白放着一晚上唾手可及的实惠不享受多可惜。

其三,识时务而不认死理。人生的郁闷和痛苦多半是被执着、勉强的劲头逼出来的。八戒不理解:为什么非要一根筋、不懂得灵活掉头呢?红孩儿捉了唐僧,孙悟空自恃和牛魔王有旧,满以为红孩儿会给他面子的。谁知红孩儿放出三昧真火烧他,弄得狼狈不堪。八戒笑了,说起风凉话:"哥啊,你被那妖精说着了,果然不达时务。……那妖精不与你亲,你强要认亲;既与你赌斗,放出那般无情的火来,又不走,还要与他恋战哩!"看呀,在这只聪明的猪的眼中,猴子真是笨拙,"不达时务",因此自取其辱。识时务,就是在情况不利时能躲则躲,逞能没好

71

处。黄风岭上,风势很大,八戒劝躲一躲,孙悟空英雄劲上来,"兄弟不济。风大就躲,倘或亲面撞见妖精,怎生是好"。八戒不以为然,"我们躲一躲,也不亏人"。面子终究是虚的,保命才要紧。他还教导孙悟空:"老猪学得乌龟法,得缩头时且缩头。"从保全自我的角度来说,八戒完全有资格向个人英雄主义者孙悟空宣扬他的乌龟哲学。

紧紧把握住这三点,取经之路固然条件艰难、险象环生,也不能让八戒失去他的快乐。因为他的期待值不高,心态又平和,目标随时在调整中,受条件的限制自然较少,所以乐子总能找到,极易满足。第三十二回,孙悟空撺掇猪八戒巡山,恫吓之下,八戒乖乖上路。他才没那么傻,自有对策。看见山坳里有弯草坡,用钉耙扒个地铺就这样安然睡下,还不忘记打趣一下孙悟空:"快活!就是那弼马温,也不得像我这样自在!"在八戒这样的快活主义者的意识深处,人生之乐与物质之丰俭并无必然的关联,一弯草坡,足以安睡。

人生的快活是自足的,它不依赖于任何外在目的,哪怕这目的极其崇高。取经对唐僧来说,意义非凡,为生命的终极趋向,因为它是宏大、庄严、神圣的事业,上可以完成佛祖教化南赡部洲众生贪淫乐祸之性的宏愿,下可以帮助唐太宗巩固李家的江山社稷。唐僧为了能早日抵达灵山,可以对妖怪满口诳词,可以撵走爱惹麻烦的孙悟空,可以拒绝美色的诱惑。可对猪八戒来说,这些都是虚的,还不如一顿饭来得实在。第九十六回,师徒一行抵达寇家庄,灵山近在咫尺,正果修成在望,十四年的征程即将圆满收官,然而碰上了敬佛好施的寇员外,唐僧谢绝了寇员外供奉的美意,猪八戒嚷嚷开来:"师父忒也不从人愿! 不近人情! 老员外大家巨富,许下这等斋僧之愿,今已圆满,又况留得至诚,须住年把,也不妨事。"他绝没有狗熊掰玉米棒子的习性,他的眼里从不盯着下一个,更何况是终极! 能握在手里的,没理由放弃。

但快活需要去找的时候,说明了快活绝非现成、俯拾即是;如果乐子找不到,牢骚就要出现了。

猪八戒发牢骚

八戒是只快活的猪,这不代表他成天都是乐呵呵的,难免有发牢骚的时候。

有牢骚是正常的。取经要走十万八千里的路,而且还不是现成的路;这样也就罢了,各类妖魔鬼怪还排队轮番等待取经队伍的自投罗网,一路担惊一路怕,风险实在多;在长达十四年的光阴中绝大多数时候是四个男人对着一匹马,抬头不见低头见,也够穷极无聊的了;又是和尚身份,清规戒律实在严,牙祭打不了,最多思想上开开小差。像八戒这样压根儿就没有未来、只图眼前的当下主义者,碰到这种情形,怎可能没有牢骚。

这其实还是泛泛而论,牢骚并不能简单归咎于环境

74

的艰苦以及物质的缺乏。譬如现在国家经济已经相当宽裕,一般百姓基本上衣食无忧,按理说应该没什么牢骚可发的,而"端起碗吃肉,放下筷骂娘"的情形并不少见。

韩愈有言:大凡物不得其平则鸣。牢骚是一种发于内心的情绪宣泄和鸣叫,指向着物事的不平、不公。我们看屈原的《离骚》,有人把离骚解释为牢骚,这首长诗通篇就是屈原在发牢骚。不是吗?屈原铺叙他出身的高贵、德性的芳洁、品格的忠诚、抱负的宏伟、才华的特出,无疑是在暗示他应拥有与之相配的待遇;而实际上呢,他得到的却是小人的谣诼和楚王的疏远,是落落寡合,是一肚皮的不合时宜。应然与实然的严重脱节,太不公平,不来首容量特大的诗怎能把这愤懑的来由交代得一清二楚!敏感的史学家班固读《离骚》触摸到了屈原的不平,说屈原"责数怀王,怨恶椒、兰,愁神苦思,强非其人,忿怼不容",这是不错的。

我们再看八戒。尽管没有屈原的才华,可能连屈原是谁都不知,不要紧,牢骚憋在心里,非诗不足以诉其怨,他在异代遥遥呼应屈子。八戒有咏月诗:"缺之不久又团圆,似我生长不十全。吃饭嫌我肚子大,拿碗又说有粘涎。他都伶俐修来福,我自愚痴积下缘。"这首对月抒怀,别具一格,既发挥了"诗可以怨"的发泄情绪的功能,又合乎"怨而不乱"的诗教精神。他由月的阴晴圆缺,联想到的不是人事的悲欢离合,而是自己的不十全、不讨好:吃饭嫌吃多了,端起碗又怪吃相难看。总之,左右看他不顺眼,里外不是人,怎么着都有可指责的缺点。但这能怪他老猪吗,世上哪有吃得少且吃得漂亮的十全十美的猪?再说了,都像悟空"喝风呵烟"的,那担子谁有力气去挑?吃得多,干得也多呀;况且吃相斯文就那么重要,天下多少斯文肚里空空。说来说去,只怪造化弄人,错投他到猪胎,造就他老猪的这般命。八戒在嘀咕命运的不公!幸好他心宽体胖,牢骚适可而止,没有往极端方向发展,否则就不温柔敦厚了。接下来自我宽慰:你们伶俐人自去修你们的福,我老猪是傻点笨点,不过没关系,咱也有咱的缘分。一个快活主义者只好这样调适不平衡的心理。

同人不同命,同样易生牢骚。那是在沙僧刚加入取经队伍之后,三个徒弟自然而然地有了分工:悟空只负责唐僧的安全及吃喝,当了甩手掌柜,把担子和马匹全丢给八戒和沙僧。沙僧入门最迟,本事不大,不好计较什么。八戒则有些不乐意,嫌担子太重,挑得太累,他说:"哥啊,你看看数儿:四片黄藤篾,长短八条绳。又要防阴雨,毡包三四层。匾担还愁滑,两头钉上钉。铜镶铁打九环

76

杖,篾丝藤缠大斗篷。似这般许多行李,难为老猪一个逐日家担着走,偏你跟师父做徒弟,拿我做长工!"

同样是徒弟,为什么弼马温能飞来飞去,而他老猪被整成一个长工?这不公道吧。八戒不厌其烦地描述担子的烦重,牢骚味很足。但发牢骚有什么用?分工以能力为前提。悟空呵斥:"但若怠慢了些儿,孤拐上先是一顿粗棍。"还说什么呢,继续挑担子吧。八戒岂是好欺负的,公道迟早要讨回来。先把这笔账记下来,慢慢找机会在唐僧的软耳朵边上扇点阴风,借唐僧之手赶走悟空,谁叫这猴子嚣张、逞能的!可见,牢骚在心里憋久了,心除了会被撑大外,更容易被撑坏。悟空走后,八戒接手悟空的工作,听唐僧的招呼化缘讨斋。一路辛苦,劳而无获,这才知道:"当年行者在日,老和尚要的就有,今日轮到我的身上,诚所谓当家才知柴米价,养子方晓父母恩,公道没去化处。"所谓公道,是耶?非耶?

还有一种牢骚,是不满现状而又不期待未来,所以常常不由自主地把过去当成是理想状况来对照现实。也就是说,时间轴上的过去与现状会构成一种强烈的对照来凸显和放大不公感。毛泽东曾有诗劝柳亚子先生:"牢骚太盛防肠断,风物长宜放眼量。"确实,如果把关注的重点放在将来,自然便有足够的心理空间来容纳和消化眼前的不平,不会过于计较暂时的得失,牢骚从而得到慰藉。问题是,八戒目光从来盯着当前,他从不去幻想往后的幸福日子是怎样的,到达西天极乐世界有什么正果可享。当眼前过得不舒服不快活,目光便不自觉地回转:不是站在将来看现在,而是站在从前看现在。

第三十七回乌鸡国内,夜晚唐僧从噩梦中惊醒,慌忙叫"徒弟,徒弟"。八戒极不情愿地起身:"甚么土地土地?当时我做好汉,专一吃人度日,受用腥膻,其实快活,偏你出家,教我们保护你跑路!原说只做和尚,如今拿做奴才,日间挑包袱牵马,夜间提尿壶务脚!这早晚又不睡,又叫徒弟作甚。"

大半夜的,睡得正熟,突然被叫起,又不是什么了不得的大事;尽管内心极度不悦、极其不耐烦,但唐僧是师父,师父发话,推也推不了,骂又骂不得,有什么法子呢?事还是要做的,只好唧唧哝哝发个牢骚,宣泄情绪。取经的事,一眼望不到头,即便能望到头又如何。每天不是牵马挑担子,就是为师父提夜壶捂脚。这哪是前天蓬元帅干的活!本来够累的,谁知连一顿觉也不让睡安生。说好的做和尚,但与奴才没两样。从前当妖怪,吃人为生,虽说名声和形象不好,毕竟自由自在。其实,八戒要是真的认同当妖怪吃人好快活,就不会追随唐僧去取经了。

在来者不可追的情形下，只能通过美饰过往的经历，夸大过往的价值，通过今时不如往日的对比，来发泄对现状的强烈不满。这就是猪八戒这类牢骚者的逻辑。

猪八戒的魏晋遗风

　　魏晋名士嵇康有句名言：越名教而任自然。翻译成大白话，就是：不要有任何思想顾虑，直截了当，想怎样就怎样。随心所欲，是魏晋名士风度的精神实质。庸人咋成不了名士？不就因为顾虑重重，被什么是非呀、善恶呀这些抽象空洞的教条堆满了脑袋，一起动念便自我检查和否定，觉得这也不该，那也不行，思想一被束缚，手脚则受捆绑。行事作风扭捏而局促，个人性情舒展不开。所以，魏晋名士倡议，人最可贵的是性情的真实。为了真性情，一切规矩必须悬置起来。如果这是名士风度的话，猪八戒骨子里其实也算作魏晋的孑遗。

　　观音菩萨劝八戒为自个儿的前程，皈依佛门，投奔取经人门下,不再造孽杀生。猪八戒老大不高兴:"前程前程,若依你,教我嗑风! 常言道,依着官法打杀,依着佛法饿杀。去也,去也! 还不如捉个行人,肥腻腻的吃他家娘! 管什么二罪三罪,千罪万罪。"这话说得多么畅快、豪迈! 大有置人世间所有的罪恶于度外之势。"肥腻腻的吃人",乃成为畅足己欲、随性而活、无须避讳的象征。

圣人说过"食色,性也",这是人类的两大基本欲望。所谓文化,不就是对这两大欲望的驯化吗? 文明化后的食色之欲,有规矩要讲,有制度须循。八戒从来不理会这一套,他放得很开。他大号"八戒",实际上只要有想法,可以一无所戒。

猪八戒好吃,且吃相难看,吃得没品没味,没皮没脸,这不消说。但至少,他毫不扭捏,无所遮掩,因此吃得尽性,吃得痛快,吃得大气。第四十四回,悟空带八戒、沙僧到三清观偷吃贡品,八戒不论生熟,张嘴就啃,悟空叫他先叙礼坐下,然后慢慢受用,八戒道:"不羞! 偷东西吃,还要叙礼。"偷东西吃,本是个太不名誉的勾当,此时又无外人察觉,还要惺惺作态,未免矫情;在这点上,八戒比悟空要坦诚得多。在号称"名士教科书"的《世说新语》中有则故事:锺毓、锺会俩兄弟趁着父亲锺繇睡觉,偷他床头的酒。锺毓行礼而后饮酒,理由是不能荒废礼节;锺会不客气,直接就喝,理由是偷本来不合礼,何必再拜。你看,八戒是不是如魏晋名士般洒脱、通达!

魏晋名士随心所欲的自然理念,后来的禅宗做了通俗、简化的解释:饿了就吃,困了就睡。八戒可是做到了。天竺国王好生款待师徒四人,八戒吃饱喝足,发出感慨:"好快活! 好自在! 今日也受用这一下了! 却该趁着饱儿睡觉去也。"唐僧嫌他大呼小叫,不成体统,怕惹恼国王带来麻烦,贻误取经伟业。对唐僧的小家子气,八戒很不以为然:"大家耍子,怕他怎的。"敢在帝王面前,吃饱了就自个儿去睡,这种蔑视权力和礼法的放肆、任性,在谨小慎微、是非利害考虑太多太细的唐僧身上是找不到的。东汉隐士严子陵夜晚睡觉有意把腿压在皇帝同学刘秀的肚子上,若碰到类似情况,我想八戒也一定如此,甚至更加自然,不像严子陵那样刻意。

至于色,八戒向来不知羞耻为何物。初见悟空,他自报家门,讲他当年在蟠桃会上调戏嫦娥,"色胆如天叫似雷,险些震倒天关阙"。洋洋自以为得意,把本应羞答答的非礼描述成一场惊天动地的壮举,一种英雄的气概油然而生。数百年后,他从天蓬元帅沦落为一头猪,辛苦追随唐僧到了天竺国,碰上故人嫦娥,又起欲念,忍不住跳在空中,把仙女抱住道:"姐姐,我与你是旧相识,我和你耍子儿去也。"他不因自己如今是头肮脏的猪而自惭形秽，对这个曾经令他沦为妖怪的女神一往情深，不顾场合，甚至不顾对方的好恶，一把抱住就直接表白。猪八戒的爱，就这么简单、粗暴。东晋享有一时之誉的名士周伯仁，就是成语"我不杀伯仁，伯仁因我而死"的原主，在一次冠盖云集的聚会上，看中主人的爱妾，欲念大作，大庭广众下管不住自家的裤子，不该露的地方都露出来，他大大方方的，没有半点不好意思。有人劝他检点言行、注重身份，他还振振有词：我为人像万里长江，有时候弯曲一下又何妨。意思是有小节、生活作风的问题，玷污不了大丈夫的形象，反而是大丈夫作为大丈夫所特有的荣耀。八戒没读过书，不像周伯仁能说出这样文雅深奥的道理来为自己辩护。其实八戒更干脆，行动本身就是理由，足以说明一切。

女儿国国王看上唐僧，唐僧"耳红面赤，羞答答不敢抬头"，美色当前，作为男性不动心不可能，即使是十世轮回的和尚；唐僧知道动心不对，虽是老僧，无法入定。太紧张了，太胆怯，不是么！八戒是怎样的表现呢？"那呆子看到好处，忍不住口嘴流涎，心头撞鹿，一时间骨软筋麻，好便似雪狮子向火，不觉的都化去了。"这是猪八戒少有的被美震惊而不仅仅是被女人震惊。看相确实下流了

83

点,比起唐僧的羞怯,至少八戒更有胆气。如果八戒不把涎水流出来,而是面带微笑,从从容容,像阮籍卧在酒店老板娘面前的那种样子,一边豪情饮酒一边肆意欣赏美色,那就是标准的魏晋名士。

"四圣试禅心"一节,四个菩萨寻开心,化作寡妇及妙龄少女来招赘八戒,八戒恬不知耻,连遭戏弄,欲令智昏,恍然不觉,三个女儿撞不上,继续请求"娘啊,既是他们不肯招我啊,你招了我罢"。这有什么说不出口的呢,世上也无所谓过分之求。万一要是同意了,岂非赚了一笔!即使不答应,也不丢人,不就多句话嘛。当然,他没有能力去抓住想要的东西,只是凭借着厚颜无耻、大言不惭去撞大运。撞不上也不要紧,不影响他的快活,这就是八戒式的"胜固欣然败亦喜"。

彻底的无所顾忌,可以是摆脱束缚、赢得自由、表现真我、向上提升的原动力;也可以令人在意识形态上抹去底线,为一己之私欲敞开方便之门。魏晋风度两者兼而有之,粗俗的猪八戒似乎也沾染上了一点遗风。扩而言之,所谓风流是不是另一种形式的粗俗呢?

高 老 庄

自从离开高老庄、跟随唐僧取经后,八戒重回高老庄的念头一直未曾断绝。每每遇到危险、前景莫测之际,八戒总爱叫嚷着散伙,主张从哪里来就回哪里去,走回头路,高老庄就是他的目的地。他把他自己和高老庄紧紧绑在一起。当初孙悟空得知八戒得蒙观音菩萨点化专在高老庄等候取经人,要八戒火烧老巢云栈洞,以示加入取经队伍的诚意。八戒倒也爽快,把卵二姐留给他过生活的好好一座洞府烧成个破瓦窑,令悟空以为八戒从此再无牵挂。没有想到的是,八戒真正的挂念,不是卵二姐的云栈洞,而是有翠兰姐的高老庄。

只是他为何念念不忘高老庄呢?高家本不待见他,

巴不得送佛送到西，八戒再憨再呆也不可能不清楚；媳妇儿翠莲似乎对他也无多少情分，这也就算了。若说猪八戒对高翠兰有多少真感情，也说不上。第一，他本性就不是个情感专一的人。西行路上，色心从未消歇，一路垂涎女色，好几处自荐入赘，那个时候高老庄的影子何曾出现？第二，观音菩萨点化八戒之时，令他安心专候取经人。八戒岂是有耐心之人？挡不住寂寞，闲着反正也是闲着，所以趁着空档期跑到高老庄捞点便宜，两头不耽误，高翠兰乃他的一段露水情缘，此为八戒的初心。第三，即使没有孙悟空，他也不一定不放手高翠兰。当悟空变作翠兰说高太公已请齐天大圣出山，八戒一听这名头，顿时露怯："既是这等说，我去了罢，两口子做不成了。"他依仗法力，把翠兰锁在后宅，暮来朝去。高太公请的法师都是江湖骗子，奈八戒莫何，这才成就了他每天的一次逍遥。要是碰到真有道行的，如悟空之流，他自顾不暇，哪有继续做夫妻的念头。夫妻本是同林鸟，自身难保猪先跑。所以，我们不能过于相信八戒嘴巴上的对翠兰的真诚。

而他再回高老庄的心愿，确非一时的心血来潮、想吃回头草，实际上早有此念，在他即将离开高老庄时就已表白心迹了，他对名义上的老丈人高太公辞行："丈人啊，你还好生看待我浑家,只怕我们取不成经时,好来还俗,照旧与你做女婿过活。"这话好像是太公翘首以待他归来的口气,因为像八戒这样厚脸皮的家伙,旁人的观感、态度根本不是问题。只是还没有正式踏上取经路,便已做好了取经不成的打算,并且不是私下嘀咕,而是公开宣称。观音菩萨当初怎么随随便便找这么一个人来为唐僧当徒弟,是不是有失严谨?

不过,八戒的这番话也是人性之常。因为任何伟大的事业都不能保证一定成功,要是不成难道必须成仁?难道不允许人凡事预留个退路?是的,高老庄是八戒为自己盘算好的退路。

但是,退路绝不同于归宿。每次叫嚷散伙,八戒的安排是他回高老庄,悟空回花果山。但花果山之于悟空的意义,与高老庄之于八戒是不一样的。第三十一回,悟空被八戒激将,决定重上取经路。临行前对群猴说:"待我还去保唐僧,取经回东土。功成之后,仍回来与你们共乐天真。"悟空的考虑是功成身退,此乃英雄的大自在;八戒是功不成则身退,其用意是能捞则捞一把,捞不成也不折本,此为俗人的小算盘。所以,花果山是悟空的精神归宿,而高老庄则是八戒比较可靠的一条退路,可以保个底。取经成功了,他出过力,论功行赏少不了他那一份;

万一失败了,反正他预留了个保险。

高老庄于八戒而言,是个保底,实与八戒的人生定位有关。他去请悟空出山,看见悟空作为猴王的排场,禁不住感叹:"怪不得他不肯做和尚,只要来家哩!原来有这些好处,许大的家业,又有这多小猴服侍!若是老猪有这么一座山场,也不做甚么和尚了。"这话道出了他的人生理想。他在高老庄的三年生活很平凡、世俗,成天就是吃饭、干活以及同老婆恩爱。他愿意踏实过富足、安稳的小日子。别看猪八戒贪闲好懒,跟着唐僧取经,一路上能偷懒则偷懒,挑个担子常嫌重嫌累;当初在高老庄干活,绝不含糊,实打实地出力,八戒自道为高家"扫地通沟,搬砖运瓦,筑土打墙,耕田耙地,种麦插秧,创家立业"。尽管太公嫌弃他是个妖怪,但对他的干活态度和能力还是很欣赏。让一个懒惰成性的人天天撅起屁股、乐呵呵地劳动,可见他是多么认同这种日子。

八戒愿回高老庄,也因为高老庄作为退路比较可靠。他自认对高家有功,翠兰穿的锦戴的金,全是他的劳动创造;而高家对他无可奈何,制约不了。有他这个能干的女婿,缺壮丁的高家并不吃亏,而高家的相对弱势又能被他吃定。彼此两利,何乐不为。

八戒回高老庄,不是随性起念,不是空手而归,他有通盘考虑的。有个细节须注意:八戒每次叫嚷散伙回高老庄,总要求分行李。

他对行李特别上心。在白骨精一难中,他撺掇唐僧赶走孙悟空,说孙之所以迟迟不走,是等着分行李,惹得悟空火冒三丈。这话无形中露了底,他可不是有意编排个理由来诬陷悟空,而是情势急迫,令潜意识中的念头不禁脱口而出,唯恐悟空真的要与他争行李、不肯痛快走人,否则都撕破脸了,那猴子怎么还磨磨蹭蹭,摆出个欲走还留的样子,不就是在意包袱里的东西吗。八戒对手边上的利益一向看得较重。第六十一回,熄灭火焰山后,铁扇公主跪求悟空还她芭蕉扇,八戒不愿意:"泼贱人,不知高低!饶了你的性命就够了,还要讨甚么扇子?我们拿过山去,不会卖钱买点心吃?费了这许多精神力气,又肯与你!"动了那么大的干戈,好不容易抢到了芭蕉扇,宁愿卖钱买点心也不愿信守承诺还给铁扇公主,可想而知,唐僧行李里那么多值钱货,他岂能轻易让悟空这个必走之人来分?八戒可不认为这是以小人之心度君子之腹,"大家都有此心",只不过他老猪更坦诚。

为什么八戒觉得唐僧的行李有他一份?大概他以为,经要是取不成,伙都散了,辛苦追随唐僧一场,走了那么多路,总该有笔遣散费吧。拿着这笔遣散费回高老庄,最起码可以哄老婆开心,令老丈人高兴,让亲戚朋友啧啧称羡,面子足足的。这并非栽八戒。第九十四回,天竺国的假公主扔绣球招赘唐僧,大家假戏真做,八戒说:"送行必定有千百两黄金白银,我们也好买些人事回去,到我那丈人家,也再会亲耍子儿去耶。"已经到了天竺国,灵山在望,他还想到要捎带外国货回高老庄。

"水在长江月在天"

　　第三十六回乌鸡国,唐僧师徒难得一起对月赋诗论道。沙僧有句云:三家同会无争竞,水在长江月在天。抛开具体情境不谈,单就这诗句而论,颇具禅意。水本在江中,月本在天上,这是明白晓畅的平常之事,何须多言?禅宗的精神,恰好就是要人返回平常,超越私人的欲望、算计来看待包括自我在内的大千世界,这个时候,世界就以它的本然样态呈现于人眼前,水在长江月在天。那领悟到这一层意思,对于人的立身处世有什么启示? 无他,还是水在长江月在天;简言之,知道自己该干嘛就干嘛。

　　沙僧其人其行,倒是符合他自己悟到的禅机。他本是卷帘大将的出身,顾名思义,乃帮帝王打打帘子,做的事虽然微贱，可这个职位不是一般人所能为。其一必须忠诚可靠。在帝王身边做事者来历都清白，口风都严密，他们深度介入最高领导的生活，如果泄漏机密，其罪不小。取经路上，沙僧深沉稳重，话不多，风头从来不抢，这性格可能与他在天庭的工作经历有关。其二必须仪表堂堂，举止有素。他们这类亲信侍从可是皇家的脸面，形象猥琐的话，无以体现出天庭的威严和气派。流沙河唐僧收下沙僧为徒弟，见他行礼如仪，有个和尚家风，赐名沙和尚，足见他的人物品貌。

可惜在蟠桃大会上失手打碎玻璃盏，惹得玉帝大怒，被贬到流沙河，而且每七天一次飞剑穿胸百十回。这个惩罚够严酷的。自此便以吃人度日，好好的一个卷帘大将，堕落成了妖怪。人终究是要活着，当妖怪也未尝不是一个活法。本来也没什么大不了的，只是沙僧把路经流沙河的九个取经人的骷髅串在一起，当成异物来玩耍，百无聊赖之际，以此消遣度日，这场景很骇异。《西游记》里的妖怪不吃人的很少，而把吃剩下的骷髅当成玩具的，唯独沙僧一人。这好像有点自暴自弃，不过也可以解释：一个本有大好前程的玉帝亲信沦落到这般地步，前途还有什么指望！干脆破罐子破摔吧。

自暴自弃往往是自励自为的起点，当他觉得真正的转机到来的时候,而且还会格外珍惜这个转机,尽本分去做该做和能做的事。

唐僧去取经,好像是被命运推着在走,他的不畏艰难,多半不自觉地是想早点回去,对有关各方交差。如他对月抒怀道:"今宵静来玩山月,何日相同返故园。"孙悟空好像是把取经当成一场时间和空间上都无比充足的快活游戏,打妖怪可反复确证他的手段和名头,令他兴味益然,乐此不疲;而猪八戒纯粹是搭个便车,到达目的地好处不会落下他,车如果翻了也无所谓,反正这个车也不是他的,况且还有高老庄这条保底的退路,所以能偷懒则偷懒,天塌下来有孙悟空顶着,而妖怪最想吃的是唐僧肉而非猪肉。

沙僧则不同,他非常认真,他把取经视作赎罪的唯一契机。第四十回遭遇红孩儿,孙悟空无能为力,心灰意冷之下提出散伙,猪八戒当然附和赞成,"沙僧闻言,打了一个失惊,浑身麻木道:'师兄,你都说的是那里话。我等因为前生有罪,感蒙观世音菩萨劝化,与我们摩顶受戒,改换法名,皈依佛果,情愿保护唐僧上西方拜佛求经,将功折罪。'"观音菩萨组建取经团队,安排三个罪无可赦的人当保镖,本意就是要让他们珍惜机遇,一心保护唐僧,好将功补过,独有沙僧一个人把菩萨的意图认认真真当回事儿。所以,沙僧对取经非常坚持,他一定要有始有终,为取经画个句号,绝不轻言散伙。

珍惜取经的机会,无疑就是珍惜同路人。

对待唐僧,沙僧是一片至诚。第五十七回,六耳猕猴假扮孙悟空棒打唐僧,沙僧以为唐僧死了,八戒又道卖马买棺材散伙,沙僧"实不忍舍,将唐僧扳转身体,以脸温脸,哭一声'苦命的师父'"。孙悟空尽管对唐僧也十分尊敬,但像沙僧这样的以脸温脸的亲昵举动,未见有过,这不是基于报恩还情,而是他的真诚。沙僧较为沉闷,那是稳重的性格使然,他的头脑足够清晰、明澈。他比孙悟空和猪八戒更能理解唐僧。第七十二回,唐僧一时兴起,要下马为徒弟化斋,这是取经路上头一回。悟空和八戒连忙劝阻,唐僧一概不听。沙僧则劝不必多费唇舌了,"师父的心性如此,不必违拗。若恼了他,就化将斋来,他也不吃"。

在尊重孙悟空的同时,沙僧也能适时提点。孙悟空面子大,一向相信人情的力量,愿意靠私人交情行走江湖。就因为这样,反而形成路径依赖,难免有马失前蹄的时候。当孙悟空得知是牛魔王的儿子红孩儿掳掠唐僧,放下心来,他觉得论辈分是红孩儿的叔叔,这个面子红孩儿无论如何是要给的。还是沙僧看得透:"哥啊,常言道:

三年不上门,当亲也不亲哩。你与他相别五六百年,又不曾还杯酒,又没有个节礼相邀,他那里与你认甚么亲耶?"朋友圈是维护出来的。五六百年没人情来往,什么交情都疏了。在这点上,孙悟空有不切实际的期待,远不如沙僧的清醒与务实。当孙悟空乐颠颠地讲他如何冒充牛魔王赚红孩儿磕头叫他爹,沙僧说:"哥啊,你图这般小便宜,恐师父性命难保。"把降妖救师视如儿戏,固然快意,总显得有点轻佻。于此可见沙僧的理智与稳重。

猪八戒自私懒惰,时常撺掇唐僧,煽风点火,排挤孙悟空。沙僧不掺和,亦好言相劝,尽力调和。第四十三回,"二哥,你和我一般,拙口钝腮,不要惹大哥热擦。且只捱肩磨担,终须有日成功也";第八十回,"莫胡谈!只管跟着大哥走,只把工夫捱他,终须有个到之日"。当孙悟空被唐僧逐出师门后,沙僧与八戒自告奋勇,露过一手,兄弟联手去救百花羞公主,事情不成,还把唐僧搭进去了。要不是请回孙悟空,取经就止步于宝象国。事实证明,没有孙悟空,路确实不好走。经此事变,沙僧的态度更坚决,不再对八戒破坏队伍团结、影响士气的怪话保持沉默。

最后沙僧受封为金身罗汉,至此终于把底子洗干净了,这是对他的认真与坚持的最好褒奖。

正 果 的 诱 惑

　　是什么令孙悟空自始至终追随唐僧呢？唐僧从五行山底下把他解救出来，有恩于他不假；两人确立了师徒的名分也是真的。不过，还有至为关键的一点被读者们忽略了。孙悟空刚从五行山脱身，野性未驯，受不了唐僧的唠叨和迂腐，一怒之下要回花果山。途中顺访东海龙王，龙王会做思想工作，以张良忍辱为黄石公捡鞋子的故事劝道："大圣，你若不保唐僧，不尽勤劳，不受教诲，到底是个妖仙，休想得成正果。"龙王的意思是，尽管要受点委屈，但若能以取经的资历和功劳洗底，改换身份，修成正果，是值得的。"悟空闻言，沉吟半晌不语"，看来龙王的话深深触动了悟空的心弦，妖和仙在身份性质上有天壤之别。龙王当面不便拂他的面子，委婉称为"妖仙"，说得明白点，其实就是个妖怪。不想再做妖怪，做个名正言顺的神仙，这应该是孙悟空加入取经队伍的真正动力。料想即使没有紧箍咒来约束他，他也不会轻易放弃取经。第四十二回写到孙悟空得知红孩儿拟请牛魔王吃唐僧肉，内心有独白："我老孙当年与他相会，真个意合情投，交游甚厚，如今我归正道，他还是邪魔。"正果虽还未修得，进入角色的感觉早已有了；五百年过去了，昔日情投意合的兄弟还在黑道上厮混，并且连儿子都已霸个山头自立门户，而他则成功上岸走正道，孙悟空此时是不是在庆幸观音菩萨伸手递过来的机缘以及东海龙王的劝谏，还有他自己的坚持？

　　猪八戒也有相同的考虑。观音菩萨劝他当和尚，加入取经队伍。他还叫嚷干和尚没好处，不如"捉个行人，肥腻腻的吃他家娘"。在观音菩萨的耐心劝导下，猪八戒也答应皈依佛门、去修正果了。尽管猪八戒的取经意志最不坚定，情况不利时经常主张就地散伙，毕竟没有付诸实际行动。得享正果的念头，还是在暗中支持着他继续前行。在宝象国时，唐僧被变作老虎关起来，沙僧又身陷妖洞，所有的行李都归他一人，不必再分，正是散伙走人的最佳时机，而经过小龙马的义劝，八戒居然跑到花果山

97

低声下气请悟空出山,可见他的决心还是很大的。悟空开始心存怀疑,暂予回绝,八戒边走边嘀咕:"这个猴子,不做和尚,倒做妖怪。"看来在八戒的潜意识里,当和尚终究是他认可的正路,无论他再怎么没理想、没志气,这点价值判断还是有的。

沙僧此念就更自觉了。他本是卷帘大将,玉帝身边人,但伴君如伴虎,只因失手打碎了玻璃盏就被贬凡间,落在流沙河里,栖栖遑遑,靠吃人为生,两种境遇反差太大。所以,观音菩萨好言相劝:"你何不入我门来,皈依善果,跟那取经人做个徒弟,上西天拜佛求经? 我教飞剑不来穿你。那时节功成免罪,复你本职,心下如何?"沙僧毫不犹豫地答应愿"皈依正果"。取经路上,孙悟空有两次暂时脱离了队伍,猪八戒虽未溜过,思想上从未停止开小差,唯有沙僧毫无怨言,勤勤恳恳,尽心维持着取经队伍一路走到底。他知道自己没孙悟空本事大,到哪里都闹得轰轰烈烈,也不比猪八戒看得开,一张嘴吃四方,跟着唐僧取经是他此生脱罪赎孽、修成正果的唯一机会,所以他格外珍惜。

那么,正果是何意呢? 它本是个佛教术语,指修行的成功。而在《西游记》中则被世俗化了,正果意谓人生的正途,是为社会公认的理想归宿、结果。人是一种社会性存在,即要通过社会的认可来确证他自身的存在。而一个成型的社会自有其相对稳定的秩序和结构。为获得社会的认可,人们必须按照等级结构所规定、允许的方式循序上升,在其中占据一席之地,这就是修成正果的社会意义。正果,给予人显耀的身份和附着于这身份之上的社会认同,可以强化其自我肯定感和满足感。

无疑,正果对人的诱惑是巨大的。

我们可以用《金瓶梅》中的西门庆为例略作说明。明代中后期的商品经济颇为发达,与此相应的是商人阶层的力量在增长。从根本上说,正果依旧是权力支配着社会的运作,而获得权力青睐的正当途径乃通过科举考试。财力雄厚的西门庆固然可以嘲笑状元出身的文官穷酸吝啬,可以购买权力为他的经济利益服务,甚至还可以买官直接进入体制内,不过他还是很清醒地知道这终究不会为社会所普遍认可,还不算是正果,所以对刚满月的儿子大发感慨:"儿,你长大来,还挣得个文官,不要学你家老子,做个西班出身,虽有兴头,却没十分尊重。"这是西门庆的自嘲,捐的官做得不过瘾,其实质是财富作为新兴的力量,还未被社会正统意识所普遍尊重,因此单纯追逐和拥有财富并不能使人有足够的荣耀感和满足感。欲修正果而不可得,西门庆便只有在纵欲中消费他旺盛而强劲的生命活力。

还有个类似的例子。《儒林外史》里的八股名家马二先生,本是个善良、仗义的人,他一头扎进了八股里讨生活,变得迂腐不堪,他说:"人生世上,除了这事,就没有第二件可以出头。不要说算命、拆字是下等,就是教官、作幕,都不是个了局。只是有本事进学,中了举人、进士,即刻就荣宗耀祖。"算命、拆字、教官、作幕,总之除了科举之外的一切谋生行当,都不能算是了局。了局,也就是科举时代的人生正果。权力主导下的科举之路如此诱惑人心,在于社会还未准备提供新的通道来肯定、确认人的价值;所以它宁愿使人迂腐、愚昧,也不愿让人另辟他路。

我们再把话题撤回到《西游记》。孙悟空之所以走上与天庭彻底决裂的道路,直接导火索是蟠桃大会未向他发出邀请,令他陡然觉得齐天大圣仍是个空衔,比弼马温强不了多少,一如西门庆所言"虽有兴头,却没十分尊重"。他强烈的自尊心接受不了摆在眼前的轻辱,加上本是个无法无天的性子,干脆任性胡来,狂闹一气,至于后果则计较不了那么多,大不了干上一架。如果玉帝预知怠慢孙悟空居然会引发整个天庭的骚乱,摇晃了他的凌霄殿,他会不会为此而反省? 要知道,连齐天大圣这样的名位他都肯给了,还造了座府邸,配备了服务机构,何况请赴一次宴会?

取经队伍的分裂

　　沙僧在流沙河皈依,加入取经队伍,标志着班子正式搭建完毕。一般来说,像取经这么艰苦卓绝的宏伟事业,其参与者又性格、背景、动机各异,一开始难免碰到调适的问题,不经过不间断的矛盾、碰撞甚至分裂,不足以完成内部的整合。就像两口子刚结婚,不大适应,有时冲动,会吵嚷离婚,家庭有破裂之忧;取经队伍还未磨合顺畅的时候,同样面临着分裂的风险。

　　白骨精一难,造成了取经队伍的第一次内部分裂,直接后果是大徒弟悟空被驱逐出师门,余者继续上路。不过仔细想想,也是到时候出现分裂了。

　　取经队伍原本就是个怪异的组合,唐僧作为师父,作为取经的第一责任人，并未被佛祖授予搭建队伍的人事权，三个徒弟都是观音菩萨事先安排好了的，唐僧只是被动接收，以他孱弱的性格不可能驾驭得了这几个桀骜不驯的徒弟，唐僧是在权威不足的前提下受他们的保护上路。以此之故，师徒关系比较微妙。这三个徒弟，来头都不小，秉性各有别，虽说抱着一个共同的目的——修成正果——走到了一起，但是漫长的征程难保相互间不制造点摩擦出来。心高气傲、本领超群的悟空正好处在矛盾的焦点上，他和唐僧的师徒关系，以及他和八戒的师兄弟关系，围绕着白骨精的出现而遭到挑战。导火索是悟空有火眼金睛，洞穿白骨精的底细，而唐僧凡胎肉眼，误认妖精为良人，加之早就不满悟空的八戒在旁火上浇油，终于唐僧忍不住愤怒，下了逐徒令。

但是，如果联系前文来看，队伍分裂的苗头其实一直在，不过潜而不发，只等着合适的机会。

唐僧之所以驱逐悟空，倒不仅仅是悟空的专断、傲慢令他下不了台以及八戒的撺掇，他内心是有计较的。悟空本事固然大，可是闯的祸也大，经常不问青红皂白就一棒子挥出去，真的是妖精还好说，勉勉强强可以忍受；像他杀性那么大，难保不会伤及无辜，这会连累到唐僧自己，影响到取经事业，而若是无法取回真经，那可就是辜

102

负君恩的大过。所以,唐僧是在确保自身安全的情况下希望孙悟空尽量少惹是生非,收敛杀性,这不免与出家人慈悲的本性不相吻合,但不要忘了,唐僧是个政治和尚,政治考虑是第一位的。偏偏孙悟空嚣张而傲慢,不听劝,不服管,常由着性子乱来,于是越来越被唐僧认作取经队伍中的一个不稳定因素。城府不深的唐僧多次把他的担心很难听地说出来,可惜孙悟空一直没太当回事儿。白骨精之事,终令唐僧忍无可忍,痛下决心。

踢一个人出局容易,难的是有无合适的接替者。如果只有悟空一个徒弟,真的没他也到不了西天,无论怎么窝囊、憋屈,该忍唐僧也得忍着。可现在身边尚有相对老实的八戒、沙僧,两人的本事是相比悟空弱一点,并非全无可用,毕竟天蓬元帅和卷帘大将的名头也不虚。有他俩保护,亦可勉力对付。悟空三打白骨精后,又一次"要挟"唐僧:"去便去了,只是你手下无人。"这话彻底激怒唐僧:"这泼猴越发无礼! 看起来,只你是人,那悟能、悟净就不是人?"所以,唐僧毅然把孙悟空赶走,不排除八戒的教唆,可不全然是他耳朵软,偏听偏信,他其实有过利弊的仔细权衡。

更隐秘的,唐僧对悟空的疏离感、不信任感在白骨精之难前的人参果事件中业已表现得很明显了。五庄观里,孙悟空确实鲁莽了一点,受不了两个小童子的闲言碎语,一动怒便推倒人参果树。在孙悟空看来,这当然不是什么了不得的大事,他连王母娘娘的蟠桃都敢偷吃,何况人间的区区一棵树。但毕竟把事情做得太绝,一点余地也没留下,这个理肯定是亏了。如果说从前还是因保护唐僧起见而动手,尽管有累唐僧,马马虎虎说得过去,但这次完全是胡闹,把无辜的唐僧牵连进来。孙悟空想方设法保护唐僧脱难,怎奈镇元子法力高强,一次次劳而无功,唐僧被折腾得够呛,加重了抱怨、不满。祸是孙悟空闯的,他是英雄好汉,敢作敢当,挺身而出,主动替唐僧挨鞭打、下油锅。站在唐僧的立场,却不会体谅悟空的孝心,只有反感,因为这全是他无故招惹来的一场横祸。

孙悟空向镇元子打包票能治好人参果树,行将启程,而八戒、沙僧均以私心揣度孙悟空,沙僧说不知师兄在捣什么鬼,八戒则担心他独自开溜,唐僧却很有信心地说:"他决不敢撒了我们。"你看,唐僧用"我们"两个字,说明此时他心目中是和八戒、沙僧结成命运的共同体而把悟空排除在外。人参果树经由观音菩萨出手疗救复活,最后皆大欢喜,唐僧对悟空的不满也因此暂时压抑着,只等着下一个机会来引爆——白骨精成全了唐僧。

不过,队伍的暂时分裂并不是没有好处,它能使队伍成员掂量各自的分量,认清楚形势,从而做好定位,捋顺关系。

孙悟空被逐出师门,为八戒和沙僧的出头、上位制造了真空。八戒刚一接收悟空的化缘、觅食、安全保卫等专项工作,就倍感吃力,嫌难怕累,他内心有沉吟:"当年行者在日,老和尚要的就有,今日轮到我的身上,诚所谓当家才知柴米价,养子方晓父母恩。"看来已是略有悔意了。在随后的宝象国黄袍怪一难中,八戒和沙僧的实力经受不起孙悟空缺位的检验,为避免取经队伍的散伙,特别是不能让手边上的正果就这样眼睁睁地看着溜走,八戒迫于形势,去花果山低声下气请回孙悟空。而受困无助的沙僧一听说"孙悟空"三个字在耳边响起,"好便似醍醐灌顶,甘露滋心,一面天生喜,满腔都是春,也不似闻得个人来,就如拾着一方金玉一般"。待唐僧被解救出来,得知事情始末,不惜向徒弟大献谀词:"贤徒,亏了你也!亏了你也!这一去,早诣西方,径回东土,奏唐王,你的功劳第一。"唐僧以师父之尊,很难当面向悟空认错赔礼,但不表态又不行,所以只有以夸张的语调大肆展望将来的功劳以回避过往的尴尬。悟空又是何种反应呢?他对沙僧发自内心的欢喜,以及唐僧肉麻的吹捧,一方面含笑受用——人世间大概没有比亲眼看到曾经误解自己的人不好意思认错而又不得不婉转承认更惬意的事了;另一方面,他同样回避重提旧事,稍微挖苦一下狼狈的唐僧,适可而止,他知道为求正果,只有追随唐僧继续前行,何必再逞意气图口舌之快呢!

江　湖　行

　　孔子把他最得意的几个学生,归类为德行、言语、政事和文章四科。如果把这四科合起来集中在一人身上,具有德行、言语精到、处事干练、富于学问,那倒可以视作孔子心目中的理想人物了。唐僧师徒组成了一支取经队伍,如果忽略其和尚的特定身份,这四人未尝不可以看作惯走江湖的游民,而他们合起来则代表了江湖生存中所常见的几种品性。

　　唐僧最特出的特点是谨慎、小心。行走江湖,离乡背井,最忌露财,被人盯上。第十六回,唐僧和悟空到观音院,悟空向骨灰级的袈裟发烧友、禅院院主炫耀唐僧的锦斓袈裟,被唐僧劝阻:"徒弟,莫要与人斗富。你我是单身在外,只恐有错。"可惜悟空太大意了,果不出唐僧所料,着了道,丢了袈裟。在这件事上,悟空是要负全责的。前面我们说过,《西游记》所依托的世界崇尚人情,讲究关系;而出门在外,人生地不熟,关系资源缺乏,寡助少援,如果自己再不慎重,喜好卖弄,没看好贵重之物,用第三十八回中引用的谚语"清酒红人面,黄金动道心",那就容易自食恶果,怨不得人了。

除了财物,谨慎还反映在人际交往中。传统中国,官本位色彩浓厚,权力支配和捉弄着整个社会。江湖人士当然不愿轻易惹上不必要的官司,对权力保持足够的谦卑和敬畏是此辈中人的生存策略。晚明有本叫《客商一览醒迷》的书,是当时为商人们在外经商提供教训的众多实用教材之一,类似今天的创业类书籍,其中有几条涉及官商关系,作者谆谆告诫"是官当敬","凡见长官,须起立引避,盖尝为卑为降,实吾民之职分也"。唐僧身为师父,教导粗野少文的徒弟尊重沿途的王侯贵人们没少费心。例如第八十八回中,八戒对玉华州的王子大大咧咧,有失恭敬,唐僧训道:"我教你见了人打个问讯,不曾教你见王子就如此歪缠!常言道,物有几等物,人有几等人,如何不分个贵贱?"江湖游离于权力体系之外,与主流有不小的距离,在江湖厮混者往往卑贱意识甚为自觉、强烈,这并非说他们天生就有奴颜媚骨，而是权力无孔不入的压力使然。人在江湖上，是碎片化的生存，与高度组织化的权力体系相比，实在微不足道，不具备抗衡的实力。把姿态放低，尽量放到卑微的位置上，是明哲保身之道。

孙悟空呢，比较认同和讲求公道，这是一般人所忽略的，然而又为走江湖之所必需。第六十八回，他们住在朱紫国的会同馆中，为安排饭菜，悟空命八戒去街市上买油盐酱醋，八戒偷懒，扯理由推脱："嘴脸欠俊，恐惹下祸来。"悟空则教训道："公平交易，又不诳他，又不抢他，何祸之有！"此话大是。江湖本是个以陌生人为主体的世界，相互之间不是抬头不见低头见的乡里乡亲式的熟人关系；陌生人开展交往、建立关系，更信赖、依靠契约而非情分。纠纷主要来自于公平与否，与长相的俊丑可没有必然的关联。我们看孙悟空即便骗一些单纯的妖怪，也要同他们签个文书合同什么的，一方面固然是好玩，另一方面也是表示：口说无凭，字据为证。这至少保证了形式上的公平性，怎么都能站得住脚。

岂止是悟空，与外部打交道多了的老百姓们，也认可此道。第六十七回，驼罗庄深受妖怪之害，悟空主动请缨，而曾找和尚、道士降妖的庄民因前两次吃了好多亏，扯上官司，这回学乖了，说："你若果有手段拿得他，我请几个本庄长者与你写个文书。若得胜,凭你要多少银子相谢,半分不少。如若有亏,切莫和我等放赖,各听天命。"

至于猪八戒,不能不提他的知足常乐、随遇而安。这已是中国人耳熟能详的立身格言,被视作一种通达的人生观。其实,这两点尤其切合行走江湖。俗话说:"在家千日好,出门万事难。"离家在外,凡事从简、将就是免不了的。八戒在这方面是个典范。第八十四回,他们一行到了灭法国,找家客栈栖身。老板娘提到款待客人的最低一级是:"没人伏侍,锅里有方便的饭,凭他怎么吃。吃饱了,拿个草儿,打个地铺,方便处睡觉,天光时,凭赐几文饭钱,决不争竞。"八戒听说,嚷道:"造化!造化!老朱的买卖到了!等我看着锅吃饱了饭,灶门前睡他娘!"在他看来,有锅可吃饭,有灶门可睡,就是莫大的造化。物质上的低要求换来的是对环境的高适应性。江湖虽多风险,八戒不凭本事,就这样将就着,潇洒走江湖。所以,八戒的幸福指数是最高的,他从没遇上过不去的坎儿,也没有亏待过他自己。

说到沙僧,则可关注他的持重。人在江湖漂浮着,但"重为轻根",老成持重才可行之安稳。悟空的语言利索是耍嘴皮子,流于刁钻、轻浮;而沙僧似乎沉默寡言,钝口拙舌,可事实是"夫人不言,言必有中"。第五十七回,六耳猕猴冒充悟空抢走了唐僧的包袱,准备自行取经,唐僧不要八戒去花果山讨要,虽说八戒轻车熟路,但怕说话粗鲁,几句话没说好,把事情搅和了,所以改派沙僧。沙僧不负所托,对假悟空说道:"上告师兄,前者实是师父性暴,错怪了师兄,把师兄咒了几遍,逐赶回家。一则弟等未曾劝解,二来又为师父饥渴去寻水化斋。不意师兄好意复来,又怪师父执法不留,遂把师父打倒,昏晕在地,将行李抢去。后救转师父,特来拜兄,若不恨师父,还念昔日解脱之恩,同小弟将行李回见师父,共上西天,了此正果。倘怨恨之深,不肯同去,千万把包袱赐弟,兄在深山,乐桑榆晚景,亦诚两全其美也。"尽管沙僧带着怒气和不满而来,但并不兴师问罪,话说得有礼有节、圆熟周到,此非饱经世故者所难言。从这里可以看到,沙僧实为办交涉的一把好手。可惜悟空英雄气太盛,锋芒毕露,堵塞了沙僧的表现机会,掩盖了沙僧的光彩。

总之,谨慎、公道、知足还有持重,既是江湖中人的存身之术,也是立身之道。江湖世界有其多面性,很多时候无法无天,会滥用暴力冲击既存秩序;另外,也会自居卑贱,向既存秩序妥协。

神 仙 日 子

　　曾经读过一本叫《我在黑社会的秘密生涯》的书，是个美国联邦调查局特工卧底黑社会后的纪实作品，书的结尾作者感叹：局外人以为黑社会像电影里那样成天打打杀杀，豪情满怀，热血沸腾，其实他们不知道，黑社会中的人每天的日子也挺麻木、无聊的，起来后都要操心今天该干嘛。

　　世人都说神仙好，神仙日子对普通百姓而言，可谓人生的极境，长生不老不说，还逍遥自在。其实，逍遥自在是个抽象的概念。什么叫逍遥自在？在缺食的老农心目中，做皇帝意味着每天想吃多少烧饼就有多少，这是逍遥；在为花几毛钱都要盘算的人心目中，首富是最自在的，喜欢什么就可买什么,完全无视价钱。魏晋时代,游仙成为诗歌的一个重要题材,诗人格调当然要高雅多了,在他们的笔下,神仙整天优哉游哉,无所事事,曲曲折折传递出的是对琐细、平凡、庸俗、乏味的现实的不满,以及对宏大、高远、洒脱和有味的生活方式的向往。所以,逍遥自在不过是人们对各自生活缺憾的无限满足的想象图景。

凡人对神仙有憧憬。真的当了神仙,高居云端,又怎么样?李商隐有首写嫦娥的诗:"嫦娥应悔偷灵药,碧海青天夜夜心。"嫦娥在广寒宫里,她拥有了永恒的生命,也承受着无穷无尽的冷清和寂寞。这是做神仙的代价。

王母娘娘开蟠桃会,天上地下的神佛遍请无遗,排场何其大也!年年如此,她都不嫌腻烦,兴致何其高也!有身份、地位的老年人通常喜欢人们把他当作中心来环绕和围捧,你看《红楼梦》里刘姥姥二进贾府,贾母很是兴奋,自个儿当导游领着她逛遍整个大观园,身边绕着一大群夫人、小姐和丫鬟们,旁边还有个懂得凑趣的王熙凤适时插科打诨,对年老德尊的贾母而言,此乃至乐,人生所余的日子就应该被这样挥霍和享受。王母娘娘每年大操大办蟠桃会,或许可作如是观。神仙之流比操心柴米油盐的普通老百姓更需要好好打发日子。所以,神仙与其说是长生不老的人,不如说是最需要消遣时间的人。

许多神仙门高徒弟多，按理说，都做到神仙这个级别了，带的徒弟也应不凡。得天下英才而育之，未尝不快活。可此乃想当然耳，英才一般鲜见，不成器的徒弟才多得去了。例如五庄观的镇元子，他两个年纪最小的徒儿清风、明月，有个一千二三百岁，又是修行之人，加之平时沐浴、沾染于仙气之中，所谓居移气养移体，也该上到一定层次。但是，两人牙尖嘴利，心小气大，硬生生激怒悟空，酿成人参果树倒根断的大祸。悟空用瞌睡虫休眠这两仙童趁机溜走，镇元子从天上回庄，发现空无一人，这个时候有徒弟插话："他两个想是因我们不在，拐了东西走了。"堂堂地仙之祖的高足居然有这般市侩、天真的念头。成天对着帮蠢徒弟，只会加剧生活的单调和乏味。

神佛之间当然免不了交际。由于大家都是有身份的，彼此不能不保持必要的分际，这就必须迁就人情，变得世故，连如来佛祖亦概莫能外。第五十二回，如来知道妖怪乃太上老君的坐骑，他不直接向孙悟空交底，找了个理由："你这猴儿口敞，一传道是我说他，他就不与你斗，定要嚷上灵山，反遗祸于我也。"佛祖担心引祸上身，这可奇得怪了。经毕竟是他安排来取的，对于摆不平的妖怪，他有救助之责，于是派十八罗汉出山，结果当然还是受挫。领队的降龙、伏虎两罗汉这才向悟空揭妖怪的底：它原是太上老君的坐骑青牛。为什么如来要绕这么大的一个圈子而不直接把情况告诉悟空？自家孩子自家管，他如来尽管是释教之祖，也不便把手插到道教系统的太上老君那儿去。自家的罗汉也战败，这就给了老君面子，老君不至于怪佛祖多事了。事事都要琢磨人情、照顾面子，神佛们长生不老的日子确实够累的。

　　孙悟空经常要班请各路救兵，总在不经意间闯进了神仙们的日常生活。五庄观一节，他到蓬莱，看到福禄寿三星下围棋，两人对局，一人旁观。几万年都是三张老脸相互对着，这个棋再怎么下都难有花样。所以，有个日子当东华帝君路过蓬莱，寿星有了新对手，下棋一下子入神，他的坐骑就趁机溜到比丘国做国丈，在人间享福好几年。常有这样的情形：波澜不惊的家庭生活突然有久违的朋友造访，于是好生招待，忽略管教小孩子，小孩子此时兴奋异常，进进出出，打打闹闹，尽做平常做不了的事。父母则发出警告：等客人走了，再有你好看。警告归警告，其实内心最兴奋的是父母们。他们比孩子更能压抑和忍受日常生活的无聊，也就比孩子更能享受不期而至的乐趣。那么多神仙和菩萨的坐骑下凡为妖，一方面是主人疏于管束，另一方面也是他们沉埋于自家的乐子里，无暇顾及，暂时放纵，时候到了再一起算总账吧。

再回到三星身上。尽管道行有限,帮不了孙悟空医治被推倒的人参果树,但他们还是欣然表示主动去五庄观为孙悟空讨人情。或许讨人情只是个幌子,最主要的是终于有事可做,可以离岛到五庄观这个新鲜地方转一转,散心解乏,消遣平淡。为什么孙悟空班请神仙下凡除妖,一请一个准?除了他人缘好、面子大之外,对久居山林、寂寞难耐的神仙们而言,这未必不是个外出舒动筋骨的好机会。

生活需要刺激性的元素来打破无聊的沉闷。譬如打赌争胜,就是个很好玩的项目。观音菩萨说曾与太上老君赌胜:太上老君把她观音净瓶中的杨柳枝拔去,放到他的炼丹炉里锻炼,看观音能不能把烤得焦干的枝条复原成青枝绿叶。孙悟空好几次到南海普陀观音处求援,观音不是在观鱼看花就是在呆坐,总之少见她念经说法、礼佛修道,她也够寂寞的。能与身为道教大宗师的太上老君比试法力,这该是多么刺激的事!生命的热情就这样被催激起来。观音菩萨曾经约请文殊、普贤以及黎山老母,合伙演戏考验唐僧师徒,她们的把戏,名义上是考试,或许更是为了好玩。想想,平素端庄、严肃、神圣、凛然不可方物的菩萨们,借着考验的名目,变作妙龄少女,肆意地捉弄蒙在鼓里的取经人,尽做菩萨身份所不许做的事、尽说不可说的话,不必强装正经,没比这更好玩的了。

神 仙 会 多

　　明代民间结社之风盛行,尤其是文人之间,会名繁多,有的只是诗酒唱酬,切磋举业,谈文论艺;有的则逸出了文艺的范畴而进入政治领域,力量还很雄厚,例如大名鼎鼎的复社,就曾深度卷入政治,串联朝野,几乎具有操作内阁首辅人选的能量。在这样的历史背景下,《西游记》也不免沾染上时代的风气,书中的神仙、菩萨们皆热衷于起社、作会。

　　规格最高的,当推蟠桃会。该会由王母娘娘发起和主持,请的是"西天佛老菩萨、圣僧罗汉,南方南极观音,东方崇恩圣帝、十洲三岛仙翁,北方北极玄灵,中央黄极黄角大仙,这个是五方五老。还有五斗星君,上八洞三清四帝,太乙天仙等众,中八洞玉皇九垒,海岳神仙;下八洞幽冥教主,注世地仙。各宫各殿大小尊神"。凡是有头有脸、有字有号的,基本上全都请到,可谓普天同庆。显然,此等规格的盛会,主事者必定在会前再三斟酌与会人员名单,绝无可能漏请;而未受邀参加者,肯定是资格不够。这也难怪孙悟空不快了,他自恃一尊人物,没料到居然连请柬都没收到,这真实地检验出他在天宫的实际地位。

每年三月三日还有"元始会"。第六十七回,弥勒佛说他去参加元始会,他的黄眉徒儿趁机溜出宫作妖怪;四月八日又有"龙华会",第七十三回,赴龙华会的黎山老母乘便为孙悟空指点脱难的门径。这些会都是常规性的。风气所及,更多的是临时因事而设的会;这种类型的会往往围绕着一个特定主题来举办。孙悟空带着吃喝剩下的仙酒仙肴回花果山,招呼猴子猴孙们一道享用,名不正则吃不舒服、喝不尽兴,所以他安排了个名目,叫做"仙酒会"。大概孙悟空的意思是:你们蟠桃会虽然不请我老孙,俺们另起炉灶、自娱自乐,不减你们天上的蟠桃会。

孙悟空被如来佛祖压在五行山底下,天界又恢复了秩序和安宁,玉帝出面组织了一场"安天大会"来酬答如来佛祖。镇压孙悟空后太平无事了好一段时间,在灵山大雷音寺的佛祖趁着七月十五日他宝盆里奇花异果丰盛之际,提议召开"盂兰盆会",正是在这次盛会上,佛祖乘兴敲定了取经的方案,并交由观音菩萨负责贯彻落实。

神仙们的会虽多,并非纯为吃吃喝喝,还是有其社会意义的。首先是名正言顺好混点。前面我们说过,神仙日子颇为清闲,除去极少数不喜交游、不好外事的神仙,绝大多数都爱雅聚清谈,联络感情。但神仙们都是高贵的,总不能什么由头都没有就凑在一起推杯换盏吧?有个正当的名义,既显得必要,又不失其尊贵的身份和风雅的做派,何乐而不为?

更重要的,"会"可以再生产特定的神际关系——通过会上的位次来体现和确认各自的地位、身份、权力以及面子。在庆贺成功镇压孙悟空的安天大会上,如来佛祖被玉帝尊为首席,王母娘娘更是亲手摘蟠桃作为酬谢,其余的神仙一个接一个轮流到佛祖座前献出自家珍藏的宝贝,并奉上谀词。佛祖的面子感足足的,他回到了灵山还美滋滋地对徒弟们炫耀起这段欢乐时光:

> "那厮乃花果山产的一妖猴,罪恶滔天,不可名状,概天神将,俱莫能降伏;虽二郎捉获,老君用火锻炼,亦莫能伤损。我去时,正在雷将中间,扬威耀武,卖弄精神,被我止住兵戈,问他来历,他言有神通,会

变化，又驾筋斗云，一去十万八千里。我与他打了个赌赛，他出不得我手，却将他一把抓住，指化五行山，封压他在那里。玉帝大开金阙瑶宫，请我坐了首席，立安天大会谢我，却方辞驾而回。"

我们看如来佛祖是如何交代事情始末的：妖猴罪大恶极，大家都拿他没辙，任由他撒野。没办法，我只好出手了，一下子就搞定。送玉帝这么大的一个人情，他岂能不好好谢我！所以在天上大摆筵席，请我高居首席。我不便拂玉帝的面子，所以耽搁好长时间，这才回灵山。长篇大论，最后落脚点放在坐首席上。得意之状，溢于言表。连已修炼到四大皆空的如来佛祖都回味不休，可见在一场最高规格的盛会上做首席，居其所而众神捧之，是多么荣耀的事。佛祖也未能免除俗人的情怀。

五庄观号称地仙之祖的镇元子所设的小型人参果会上，虽然列席者寥寥可数，场面远不及蟠桃会，可是座次也不能不讲究，"菩萨做了上面正席，上老左席，唐僧右席，镇元子前席相陪"。观音疗救好人参果树，又是菩萨，功大而位尊，劳苦而资深，理所当然坐首席的位置。福禄寿三老是天仙，加之远来是客，就坐到了左席。唐僧本为故人，中间虽有一段误会惹出种种不快，结局毕竟皆大欢喜,也就列入右席,他镇元子作为东道主不可怠慢,所以前席相陪。孙悟空等三个师兄弟,私底下相互之间大大咧咧,没大没小的,一旦正儿八经地开"会",那就只好各就各位了。所以,我们可以合理地推想:即使孙悟空被邀请参加蟠桃会,也只会是叨陪末座,绝不会置于首席;而这位心气高傲、自己把自己当尊人物,从不管天有多高、地有多厚的齐天大圣那时候说不定酒一下喝多了,借着劲儿,也会闹开来的,发泄他的不满。

有意思的是,妖怪们附庸风雅,效仿神仙,也好巧立名目来举办各类应景之会。第十七回,黑风山的黑熊精掠去了唐僧的锦襕袈裟,喜不自胜,特地组织了一个"佛衣会",下帖子请圈里的妖怪朋友一起观摩袈裟,顺便为他庆生。第八十九回,玉华州豹头山的黄狮精偷走了悟空三兄弟的兵器,一人独享不过瘾,拟开"钉耙会",特邀他的祖爷来坐首席。可惜这两个会全都被孙悟空搅了局,会没开成,反把身家性命搭进去了。

隐者须菩提

　　孙悟空的授业恩师须菩提是个颇为神秘的神仙。孙悟空只学会了他区区筋斗云和七十二变，就已经在江湖上扬名立万。照理说，须菩提的神通应该更大。据须菩提自言，他"门中有十二个字分派起名"，到孙悟空已是第十辈的小徒了，足见这一门派源远流长，根基深厚，绝非邃兴。那么，须菩提的来头必定不小。奇怪的是，他的情况似乎不为外界所知。比如，王母娘娘发起、举办的蟠桃盛会，稍有点名头的神佛都请到了，也没见须菩提的名号。看来，他消失于众神佛的视线外，是神佛世界的隐者。

　　须菩提在书中是惊鸿一瞥，从难得的几次出场中看得出他是很有智慧的。孙悟空阴差阳错来到他的斜月三星洞,拜他为师。须菩提分别说了术、流、静、动等四门道术,好像是走江湖之流看人下菜的口吻。其实,这是在考察孙悟空,观其志向之所在以及学道的意志是否坚定;在孙悟空连连拒绝之下,又佯怒暗示孙悟空三更时分来找他,也是观察孙悟空的悟性。其实,他心里明白得很。须菩提还善于因材施教,看到孙悟空练习腾云的姿势,特意度身定授筋斗云。总之,他非常喜欢孙悟空。这也不足为奇,和孙悟空相比,门下那一帮弟子实在是不成器。他们看到孙悟空学会了筋斗云,一个个笑嘻嘻的,打趣有快递的本事,求职谋生从此不难。这格局和见识也未免忒低了点,难怪须菩提不传授他们。

但是,须菩提一旦发现苗头不对,隐患暗种,立下决断,毫不含糊。孙悟空在众师兄弟前卖弄刚刚学会的七十二般变化,惊动了休息中的须菩提。祖师动怒,决然驱逐孙悟空。他说:"这个工夫可好在人前卖弄?假如你见别人有,不要求他?别人见你有,必然求你。你若畏祸,却要传他;若不传他,必然加害,你之性命又不可保。"

把卖弄的后果说得如此惊悚,是不是祖师有意借题发挥?但这的确又是深谙世故之言。往深了说,卖弄犹如把石头投入本来平静的水面,破坏了人心的自然状态,刺激起欲望的层层波澜,从而引发无数的争竞和算计,所以卖弄往往是致祸的起点。这一层道理,"老子"早已告诫过前来问礼的"孔子":"良贾深藏若虚,君子圣德,容貌若愚。去子之骄气与多欲,态色与淫志,是皆无益于子之身。"收敛和藏拙是很有必要的。

孙悟空就是小聪明过多,做不到深藏不露。招个好徒弟,传授所学,作育人才,光大师门,这是一般当老师的心愿。但是,光大师门与牵累师门的逻辑是一致的,就像力量集中起来,既能办大好事,同样也能办大错事。徒弟闯祸,累得师父出来收拾烂摊子,甚至牵连受罪的事儿多得去了。万寿山五庄观一节,孙悟空一怒之下发狠打倒人参果树,想一走了之,随后就被镇元大仙拿住;镇元大仙要为他的宝贝树出气,首先要动唐僧的人,因他教徒无方。这不是徒弟连累师父吗?所以,唐僧在西行路上总是埋怨孙悟空不分青红皂白乱打一气;他岂不知孙悟空的本事和忠诚,缘何屡屡责骂? 不就是担心受到孙悟空的连累吗?

为彻底绝患,逐悟空出师门,在所必行。须菩提告诫孙悟空从此不得提及与他的师徒因缘,正是要除患于未然。或许我们认为须菩提过于敏感了,不免小题大做。不过看看下山后的孙悟空一系列无法无天的行为,真要

124

感叹须菩提察人于微。

即使经过五百年的重压，孙悟空喜好卖弄的性子仍然没有多大改变。甚至连迂腐不通人情的唐僧一开始也瞧出了些许的不对劲儿，第十六回在观音院，孙悟空要向院主炫耀唐僧的宝贝锦斓袈裟，唐僧劝道："珍奇好玩之物，不可使见贪婪奸伪之人。倘若一经入目，必动其心；既动其心，必生其计。汝是个畏祸的，索之而必应其求可也；不然，则殒身灭命，皆起于此，事不小矣。"这话几乎和须菩提所说的一模一样。同样是求谨慎，唐僧出于畏祸，不敢惹事；须菩提洞悉人心的艰危，避免激触。

须菩提似乎从根本上对人性就不那么信任。孙悟空被逐，说师恩未报不敢去，须菩提流露出一股浓厚的虚无感，"哪里甚么恩义？你只不惹祸不牵带我就罢了"。大概须菩提阅世良深，了解恩义靠不住，情感不实在，所以他虽然抱着绝大的神通，也没有往神佛世界里凑热闹，宁愿守着一方幽静的山洞，教几个不成才的蠢弟子，再有缘分，则稍微点化一下周围人，清清静静、干干净净地活着。恩义，可能只是乱哄哄的世界里必要的点缀；否则，也太不成样子了。

可惜，这一点须菩提确实是错了。孙悟空大闹天宫，得罪了玉帝，他也没有连累到菩提祖师。取经后，他上了正道，一路上困难重重，他求遍满天神佛，再也没有回到斜月三星洞，好像从记忆中彻底抹去了这段经历。孙悟空信守了下山时的告诫，这倒不是害怕须菩提的威吓——"你说出半个字来，我就知之，把你这猢狲剥皮锉骨，将神魂贬在九幽之处，教你万劫不得翻身"；而是基于须菩提不那么放在心上的"恩义"。

孙悟空虽然散漫成性，从没个正经，其实很念情。有个旁证：唐僧身陷宝象国，猪八戒赶到花果山求救，激将之下，孙悟空出山，途经东海，跳进海中洗净身子。八戒不解，孙悟空说："你那里知道，我自从回来，这几日弄得身上有些妖精气了。师父是个爱干净的，恐怕嫌我。"这段文字读来令人心酸。唐僧从五行山下解救他出来，确立了师徒的情分，即使是唐僧的迂愚一再误解了他，狠心念紧箍咒把他痛得像个葫芦东倒西歪，也改不了他发自心底的赤诚。很合理地推想：对亲传绝技的须菩提祖师，孙悟空又怎么会轻易忘记呢？看来他的确牢记了须菩提的话，避免牵连到师父。遗忘有时候是最真切、深刻的怀念。

豪侠镇元子

镇元子是地仙之祖，三清四帝之流都是朋友、故人，连观音菩萨自言都要让个三分，身份尊崇，是个巍然高大的神仙。养尊处优惯了，身上全然没有一般神仙的小家子气和市井气。

他预知唐僧取经要经过他的五庄观，而自己又要赴元始天尊的约，特意交代看家的两小童清风、明月，用人参果来款待唐僧。这人参果异常珍贵，一万年才出产三十个。闻一闻，可活三百六十岁；吃上一个，可活四万七千年。蓬莱的福禄寿三星坦言他们的道行不及镇元子，因为还要费工夫去养气存神，而镇元子随便吃个果子的功效都要强过他们的苦心修炼。这镇元大仙视唐僧为故人,其实两人并无深交,只是唐僧的前身金蝉子在兰盆会上曾经亲手传茶表示过敬意,由此结缘;所以这次唐僧途经五庄观,他欲尽地主之谊,一下子就拿出两个人参果,足够慷慨的了。孙悟空在乌鸡国救国王,到太上老君那里讨九转还魂丹,费了许多口舌,太上老君抱着打发小鬼出门的态度才勉强给了一粒。镇元子的出手还真阔绰。

待他下界回观,从哭哭啼啼的清风、明月口中得知人参果树被孙悟空推倒,一点也不恼怒,反过来安慰两个经不起事的小徒儿莫哭,虽说这两个徒儿都已一千好几百岁了;他讲孙悟空是大闹过天空的太乙散仙,言下之意是以孙悟空的性子推倒人参果树,也不稀奇。当然,他绝不善罢甘休,叫徒弟们准备刑具,等捉住唐僧师徒回来教训一通。你看他,临变不乱,像身家性命一样宝贵的人参果树被断了根,也不迁怒、责罚看守的徒弟,而是带上他俩赶紧去认人、拿人,处事明快、果决,确有大仙的气度。

追上唐僧,一面叫清风、明月回观准备绳索——教训的方子看来早已算定,自己则化作行脚的全真道人,与唐僧寒暄、客套。明明占着理,却不动声色,不搞出气势汹汹的样子来兴师问罪,而是谈笑周旋。越是如此,内心有鬼的孙悟空越是沉不住气,抢起金箍棒抢先动手。

这就更好办了。地仙之祖,名下非虚,不用几个回合顺势连人带马一举拿下,捉回五庄观。唐僧师徒四人一一被绑在柱上。有趣的是,白龙马放过了,仅仅拴在庭下,还给了些草料。大仙恩怨分明,绝不累及无辜。

既然肇事者全都逮到,事情也全清楚,还有什么可问的,还有什么要说的呢?打呗。用水浸泡过的龙皮制成的七星鞭早已准备妥当,打手也到位,就等他号令。为何用鞭?很简单,这几个都是出家人,是和尚,尽管用刑,也要照顾到他们的尊严。用刀枪铁钺斩个手戳个脚,弄得缺胳膊断腿、血飞四溅的,终究不像话。尊重肇事者,也是自尊身份。

先打谁?论罪魁祸首,当属孙悟空,要解气,显然是狠狠抽打这猴子。镇元子有讲究,从唐僧始。理由是唐僧身为师父,没个师父的样子,教训不力,管束不严,放纵徒弟,酿成此祸,难辞其咎。这理由也说得过去。镇元子以故人之礼盛情款待唐僧,诚意足够,反遭恶报,但他不像清风、明月两个小童子那样浅狭,喋喋不休地抓住这一点来数落和谩骂,无关的话一概不讲,只就事论责,轻重分得清楚。

问题又来了。祸首好拿,气也好出,树难复活。镇元子这样的明白人,不会意气用事、泄泄心头恨就算了,他在意的是树。满天神佛,本事大的、有厉害宝贝的多得去

129

了,总有仙药奇方可以疗治人参果树,但他以堂堂地仙之祖的身份,怎么可能到处求神拜佛? 解铃还须系铃人,这个工作只能由孙悟空来做。

他知道孙悟空必将不负他的期待。一是其人有情义,他几次要鞭打唐僧,猪八戒和沙僧均不搭腔,唯独孙悟空挺身而出,甘愿替师父受罚,这份情义,令镇元子动容;二是其人有本事,能在他地仙之祖的眼皮子底下反复施展法术找到替身,中间居然还带全队人马逃出过五庄观一次。这份神通,令镇元子刮目。既有情义,就不会连累师父;既有本事,就不会留下个乱摊子没法收拾。

镇元子明白他奈何不了孙悟空,而且不打不相识,敬意也油然而生。他的行事果然出人意表,是大手笔,干脆用手揽着孙悟空说:"我也知道你的本事,我也闻得你的英名,只是你今番越理欺心,纵有腾那,脱不得我手。我就和你讲到西天,见了你那佛祖,也少不得还我人参果树。你莫弄神通。"话说得清楚极了:我承认你孙悟空是个人物,可这次你确实做错了,到哪里都说不通,你自己要来善后,让树复活,再要弄手段是没意思的。待孙悟空承诺能医活人参果树,镇元子更是主动提出事情圆满解决后愿与孙悟空结为兄弟。这给足了孙悟空面子,令他不必以委屈的心态到处找门路;同时也是对孙悟空这个人的高度认可和欣赏。他是一派宗师,孙悟空是来历不明的妖猴,还留着反天庭的恶名、案底,客气的、畏惧的唤一声"大圣",不客气的、瞧不上眼的甩句"泼猴""弼马温",少有神仙把孙悟空真正看作一号人物,更何况是主动要求结为兄弟!

孙悟空对此又是如何作想?书中虽未明言,可从一个细节可以看出某种微妙的东西。从头到尾孙悟空称呼镇元子为"先生",没有一句不敬之词,足见在他心里同样是高度认可和欣赏镇元子的。能令悟空真正敬重的神佛可不多。这两位可有点英雄重英雄的意思了。

荒谬的是,唐僧和八戒、沙僧均以私心揣度孙悟空:沙僧说不知师兄在捣什么鬼,八戒则担心他独自开溜,唐僧更误会他哄住镇元子。在镇元子都没有限定期限的情况下,唐僧更以念紧箍咒为要挟严限三天时间;即使有如此动作,孙悟空在临行前还特意交代镇元子好生服侍唐僧,每天三茶六饭不可少,唐僧面黄肌瘦他回来可不依。到这里,孙悟空似乎有种英雄的落寞、孤独和无奈:走又走不了,朝夕相处的又是私心太重、不时一唱一和的三个家伙。这就更反衬出镇元子的大气和磊落。

看来镇元子有江湖大佬的做派,乃豪侠之流。这样的性格,似乎与天庭的气氛不兼容,难怪他是个地仙。

"泥瓦匠"太白金星

世界要讲规矩,但又不可能完全依照规矩来运转,当两者发生矛盾时,善于和稀泥的"泥瓦匠"就应时而生。《西游记》里有这么一个角色,虽然出场不多,可处事圆熟老到、言语得体的性格活灵活现,就是太白金星。他善于协调方方面面的关系,解决矛盾,是个完美的"泥瓦匠",和稀泥的本事一流。

一般当"泥瓦匠"的,都是好好先生,能帮的忙尽量帮,能卖的人情尽量卖。太白金星就肯说话,愿帮忙。八戒身为天蓬元帅触犯天条,按律应被处决,"多亏太白李金星,出班俯囟亲言说",这才保住一条小命。取经路上,金星常适时而至,通风报信,向悟空等预警有妖怪。而且,这金星送人情的手段亦很高明,他知道取经队伍只有扫清障碍才能顺利过关,有意把救苦救难的荣誉送给好名喜功的孙悟空。第四十四回,车迟国和尚被得国王宠信的道士们欺负和虐待,金星托梦给他们,予生不如死的和尚以希望,预言将有孙行者出现来解救他们。有金星为他传名,孙悟空当然领情。

太白金星最精彩的戏分都与孙悟空相关,共有三场。

第一场戏是孙悟空闹龙宫、地府后,龙王、阎王向玉帝告状,太白金星主张招安。不到万不得已,绝不动刀动枪,以柔克刚,是"泥瓦匠"们的一个基本信念。招安的成本比较低,用一个头衔就可以捆绑住异己分子,这比大动干戈要好得多;而且一旦招安成功,也就掌握了政治上的主动权。所以玉帝欣然应允。太白金星当仁不让,把孙悟空带上了天庭。你想孙悟空自恃本事大,不知天高地厚,想当然地认为天庭派使者下来招他就是授以高位,结果连天门还没进就被卫兵拦住,岂不颜面大失! 金星人情熟透,很给面子,当着众兵将说:"此乃下界仙人,我奉玉帝圣旨,宣他来也。"等觐见玉帝,金星随即改口:"已宣妖仙到了。"他很注意场合,会照顾在场者的感受,懂得措辞和称呼,分寸拿捏得准。

第二场戏真正显露金星的本事。这次是再招孙悟空上天做齐天大圣,孙悟空毕竟是野猴出身,不懂政治,把弼马温做得不亦乐乎,等发觉受骗(其实无所谓受骗,太白金星并未向孙悟空承诺具体职位,是孙悟空自己一厢情愿,期待过高),愤然回花果山,与来围剿的天兵打了一架,开出了要当齐天大圣的条件。又是太白金星出面谈和,孙悟空把怨气都撒在玉帝的身上,对金星则印象颇佳,"今番又来,定有好意"。可刚打完架,就来谈招安,岂不尴尬! 这难不倒金星,他巧妙解释来意:

> "今告大圣,前者因大圣嫌恶官小,躲离御马监,当有本监中大小官员奏了玉帝,玉帝传旨道:'凡授官职,皆由卑而尊,为何嫌小?'即有李天王领哪吒下界取战。不知大圣神通,故遭败北,回天奏道:'大圣立一竿旗,要做齐天大圣。'众武将还要支吾,是老汉力为大圣冒罪奏闻,免兴师旅,请大王授箓。玉帝准奏,因此来请。"

齐天大圣的头衔还未正式授予,但金星已先做此称呼,一口一个"大圣",绝口不提"弼马温",极大地满足了孙悟空的自尊心。在金星的叙述中,事情起因是孙悟空嫌弃官小,随即用"躲离"二字回避他反下天庭的性质,照顾了孙悟空的情绪;同时开脱玉帝征剿的责任而归咎于众武将，并把孙悟空能当上齐天大圣的功劳全揽在自己身上，是他不顾众武将的支吾"冒罪奏闻"的。在貌似客观的叙事中自然而然地兜售私货，此乃"春秋嘴法"，金星显然深谙此道。天真的孙悟空哪能领悟话里隐藏这么多玄机，见心愿已成，对金星自是欢欣有加，认了他的情。而金星带孙悟空回天庭面见玉帝，口风又变："臣奉诏宣弼马温孙悟空已到。"孙悟空还是以弼马温的身份受命回来，天庭的面子也保住了。在玉帝眼中，金星当然是不辱使命，这么难搞的泼猴都被他搞定。

　　第三场戏是调和悟空与李天王的矛盾。认李天王为父的白毛鼠精捉了唐僧，孙悟空自以为证据确凿，向玉帝告状，随金星到李天王处查问。李天王见孙悟空诬告他，火爆脾气发作，把孙悟空捆住，准备先斩后奏。那孙悟空巴不得把事情闹大，好坐实李天王的罪名。矛盾迅速往尖锐的方向进展。到哪吒出面讲明事实真相，李天王才恍然大悟，无奈孙悟空得理不饶人，打滚撒泼，什么丢形象的动作都有，李天王无能为力，只好求救于金星，期待他能居中调解。李天王的忙金星肯定是要帮的，不过他先派了李天王的不是："你干事忒紧了些儿，就把他捆住，又要杀他。这猴子是个有名的赖皮，你如今教我怎的处？"做此姿态，是要让天王知道事情棘手，做好转弯的心

135

理准备。

他成竹在胸，早知该如何来平息事态。对孙悟空，首先动之以情，孙悟空得以脱妖入仙，全因他的陈奏，要孙悟空感恩念情。孙悟空自己也是个人情专家，哪能不认！所以不再继续撒泼，由李天王解绑。但孙悟空坚持要李天王和他一起到玉帝面前对质，把问题说清楚，这是李天王不肯的。金星于是和缓气氛，提议先吃个茶，却被孙悟空抢白"卖放犯人，轻慢圣旨"，这样上纲上线，金星当然不接受，但要是如孙悟空的愿，既让李天王尴尬，又令玉帝为难处置，这可不是和稀泥、皆大欢喜。金星自有办法，利用孙悟空救师心切、拖不起时间的心态大做文章："我说天上一日，下界就是一年。这一年之间，那妖精把你师父陷在洞中，莫说成亲，若有个喜花下儿子，也生了一个小和尚儿，却不误了大事。"这下悟空慌了神，遂了金星的意思，匆匆了结与李天王的纠葛。天王的面子保住，猴子的事情解决，玉帝交代的任务完成，这么复杂的事都被金星顺利办妥，方方面面满意。

晚清官场庸碌荒唐，当时有人填词描摹尸位的大臣的形象，有几句是"莫谈时事逞英雄，一味圆融，一味谦恭"；"万般人事要朦胧，驳也无庸，议也无庸"；"大家襄赞要和衷，好也弥缝，歹也弥缝"。这对太白金星也颇吻合。人情的逻辑所支配的世界中,盛产此类人物。只要还有人情逻辑能发挥主导作用的土壤,"太白金星"就会出现。

龙 王 不 好 当

龙王管辖着天底下的江河湖海，力量大着哩，但在天庭的整个组织架构中，龙宫品级不高，只是个小衙门，相当于一个行业主管部门吧。在民间传说里，龙宫素以奇珍异宝多而著称于世。《红楼梦》里的金陵王家，护官符将其描述为"东海缺少白玉床，龙王来请金陵王"，可见在一般人心目中龙宫乃财富之渊薮。龙宫地位不高，宝贝又多，在一个讲究等级和人情的社会中，打主意的人必定不少，这需要龙王们小心翼翼地周旋、应付。

孙悟空从菩提祖师处学道归来，缺少趁手的兵器，当即有阅历丰富的老猴鼓动他去东海龙王处讨要。孙悟空依言行事，自称花果山的天生圣人。神佛世界的水要比东海深太多了，东海龙王不明他的底细，虽没听说过这号人，倒也不敢轻易怠慢，又是出宫亲迎，又是延座献茶，还就着孙悟空的话，一口一个"上仙"，态度谦卑、恭敬。孙悟空不知足，得寸进尺，胡搅蛮缠，耍泼强要，不达目的不罢休，东海龙王没法子，只得请其余三海的兄弟们过来凑份子，勉强应付了事。像孙悟空这样来历不明而口气又奇大无比的人，他们不明深浅，开罪不起；这种情况自有处理的办法——把问题上交。西海龙王出了个主意："打发他出了门，启表奏上上天，天自诛也。"这个法子虽然把自己弄得比较窝囊，最起码是安全了。

花花轿子人抬人，懂得人情的操作和交换，才能免掉不必要的麻烦，保护好自己的利益。处在龙王的位置上，必须精通此道。

第四十三回，西海龙王敖顺的外甥霸占了黑水河，敖顺的倾向性很明显，外甥尽管桀骜不驯，嚣张跋扈，终究是自家人，还是要庇护的，所以强行压住黑水河神的告状。只是这厮不知好歹，捉住唐僧，还派手下邀舅舅来分享唐僧肉，被孙悟空逮个正着，孙悟空找到借口，威胁要把事情捅到玉帝那里。这下敖顺慌了，他惹不起孙悟空，为了撇开自己，证明自己在这件事上的清白和无辜，当即表明立场，派太子摩昂亲率五百虾兵前去捉拿这条孽龙。

太子完全明白其父的心思,对表弟板起面孔,口气强硬,一副公事公办的样子:"你要把唐僧、八戒送上河边,交还了孙大圣,凭着我与他赔礼,你还好得性命。若有半个不字,休想得全生居于此也。"大义凛然得很。这怪毕竟太嫩了,不知这是大表哥在装样子做给孙大圣看,误认为真,气愤异常:"我与你是嫡亲的姑表,你倒反护他人。"他出身高贵,作威作福惯了,受不了当众丢脸,所以不惜和大表哥对打。而这恰好给了深明其中利害关系的摩昂一个在孙悟空面前积极表演的机会,摩昂不仅打得狠,而且在拿住表弟后,"将铁索穿了琵琶骨"。对自己人越是残酷,在这种情境下,越等于自己的无私,越等于自己划清了界限,站稳了立场。是不是敖顺父子真的要牺牲他了?当然不是。孙悟空对敖顺父子的态度很满意,所以当八戒被放出来要打这怪出气时,孙悟空忙扯住:"兄弟,且饶他死罪罢,看敖顺父子之情。"

这事没完,还有下文。紧接着在车迟国与虎、鹿、羊等三妖道斗法,又须敖顺来帮忙,悟空先谢道:"前日亏令郎缚怪,搭救师父。"既然悟空主动提起这事,敖顺当然要有所回应:"那厮还锁在海中,未敢擅便,正欲请大圣发落。"他外甥估计是在舅舅家闭门享福,暂时被禁止外出以避风头,并等待合适机会复出;况且孙悟空哪有权力去发落,即使要发落也轮不到请示孙悟空。敖顺这番说辞,很中听,很给面子。果然孙悟空表示不再过问了:"凭你怎么处治了罢,如今且助我一功。"这下彻底安了敖顺的心,知道孙悟空不会再借机生事,他的外甥到这个时刻才算是真正过关,于是全力相助孙悟空。与人方便则与己方便,西海龙王和孙悟空都认这个理。

龙王主管普天下的降雨事务。雨水是农业社会生存之必需,所以上天对降雨管理极其严格,几乎僵硬到不近人情的地步,那泾河龙王就是自作主张,不按天条降雨而被杀头。不过孙悟空毫不理会,他取经路上遇到难处,常常私请龙王们前来帮忙,在职权范围内龙王们一般予以配合,乐得做个顺水人情;但在某些情况下,则需要巧妙回绝了。

第八十七回写到凤仙郡三年没降过雨,民不聊生。原因是凤仙郡主与老婆吵架,心情不好,迁怒斋天素供,把它拿去喂狗,还口出秽言,恰巧撞上玉帝巡视,这一幕全落在玉帝眼里,玉帝震怒,禁止该地降雨,以作惩罚。玉帝身为至尊,尽管发了雷霆之怒,道理还是要讲的,没有把门完全关死,为恢复降雨设置了条件。孙悟空起先不明内情,以为与从前一样私底下找龙王便可办成事,于是拍胸脯打包票为凤仙郡降场雨。他叫来东海龙王敖广,那敖广岂不知底细？他是聪明人,有意装糊涂,不为悟空点破:"岂敢推托？但大圣念真言呼唤,不敢不来。一则未奉上天御旨,二则未曾带得行雨神将,怎么动得雨部？大圣既有拔济之心,容小龙回海点兵,烦大圣到天宫准奏,请一道降雨的圣旨,请水官放出龙来,我却好照旨意数目下雨。"平时敖广爽快得很,只要孙悟空开口,有求则应,有忙必帮,从无托词,哪管有没有玉帝的旨意;但此次不一样,凤仙郡的雨他不敢私下操作,这可是直接与玉帝对着干。敖广老到,话说得冠冕堂皇,滴水不漏,强调依法办事;不过语气谦卑,在情在理,兼顾了天条与人情。悟空无法,只好跑上天走程序、办手续,当然碰了个大钉子——这就怨不得敖广了。

可见,类似于龙王这样在庞大官僚体系中不上不下而又据有一定实权的位置,如果不是八面玲珑、左右逢源,是坐不稳的。

家有坐骑才是仙

　　御马监中养有天马上千匹,估计是用以满足一般神仙工作之所需。至于那些高级神仙以及菩萨们,大多有自家专用的坐骑。太上老君家是头青牛,寿星那里养着头白鹿,文殊菩萨处有头青毛狮子,普贤菩萨坐下是头白象,观音菩萨则有头金毛犼,没有撞坐骑的。

　　神佛们一个个法力高强,神通广大,腾云驾雾不在话下,还需要坐骑来代步吗? 这首先是身份使然。出趟远门,无论赴宴访友,还是讲经传法,长途跋涉,就这样甩着膀子风尘仆仆地走着,也太不体面了,不大符合他们高贵的身份。有坐骑就完全不同,优哉游哉的,这才能显出高级别神佛的派头来。太上老君的坐骑是头青牛,据说他出函谷关之时，就是骑着这头牛，这一形象已经定格于中国哲学史上，由此牛的地位非同凡响。魏晋时代的潇洒名士们，不好乘马好坐牛车。原因当然很多，照我揣测，其中一个可能是牛速相对迟缓，比马更显得从容、悠闲，与讲究超然、镇定的名士派头特别合拍。此辈中人，在意的不是速度，而是风度。所以，我们在《西游记》中看到一个有趣的现象：神佛们的座驾几无飞禽，几乎都是走兽。

别说神佛，就连自认为上了一定档次的妖怪，也要豢养个坐骑，以备串门、走场、赴会的不时之需。你看牛魔王，好像面目挺凶恶的，应该粗鲁无文，其实他的起居出行相当有讲究。打起架来，身着盔甲，如果赴宴则另换"一领鸦青剪绒袄子"，胯下更有避水金睛兽，好不风雅、气派！

神佛们的坐骑大多是世上珍稀、罕见的动物，这很好解释，都到了神佛这种级别，总不能有匹马骑就满足了吧，总要找些非常人所能有、所能用之物吧，不如此则不足以明晰身份的差异。即如太上老君的青牛好像普通之极，不过一家畜，可那牛身上的装饰大有乾坤，牛鼻子上穿的是威力无穷的金刚琢，这个宝贝极不寻常，乃老君过函谷关化胡之器，任凭什么兵器、水火都近不了它。这就好比有些地位显赫者，有意保持低调作风，座驾可能不愿

144

弄辆显眼、招摇的限量版名车,但是车牌号码或者别的什么地方大有玄机,暗示其人高深莫测。

坐骑,论性质算是家奴,它们一天到晚陪伴主人,关系亲近,与闻机密,属于自家心腹,尤适合做那些不方便主人亲力亲为而又必须做的事。

乌鸡国国王有眼不识泰山,得罪了文殊菩萨,把菩萨捆起来丢到御水河中浸泡了三天三夜。如来佛祖为文殊出头,令文殊的坐骑青毛狮子化身为妖道,骗得国王的信任,找机会把国王推到井里,浸了三年,一报还一报,从此算是扯平了。如来的这个安排实在妥帖。文殊菩萨要是亲自动手报复一个凡人,那是睚眦必报,显得气量狭小,抹黑了他们菩萨好不容易在人间建立起来的光辉、正义的形象,白白惹人非议;而要是不计较此事,放过了国王,又咽不下平白受辱这口气,还让人觉得菩萨也是可欺负的。所以,有必要让乌鸡国国王长个记性,而最合适担当这一任务的,非文殊菩萨的坐骑莫属。常言道,主辱臣死。主人受到羞辱,它青毛狮子作为坐骑不挺身而出为主人挽回面子,说不过去;再者,虽说可以扯"一饮一啄,莫非前定"这个勉强上得了台面的理由,来教训乌鸡国国王,毕竟是在搞打击报复,是在泄私怨,出手做这种不太名誉的事的,只能是坐骑之类的卑贱者。何况那青毛狮子还有得天独厚的条件,它是头阉狮子,即使是奉旨作恶,也不至于把局面败坏到不可收拾的地步;更重要的,待一切按计划进行,该出的气都出了,在天上俯视、掌控事态进展的文殊菩萨便可适时出现,来收场了——"畜生,还不皈正,更待何时!"既了结事情,又保护了青毛狮子,免得真的被当作妖怪给打死了,并最终维护、突出了菩萨在人间信众中正义凛然、烛奸惩凶、法不阿私、救苦救难的一贯形象。如果没有这坐骑为主人前驱,去干那种活儿,文殊菩萨还真不好出面;有了青毛狮子,一切难题迎刃而解。

不过,这头狮子乃如来佛祖授意,属奉令行事,难免暴露了佛祖器量狭小爱护短的私心,事情做得不够圆满。有的坐骑更加机灵、上进,特别会来事儿,能自发秉承主人的心意,不令而行,当然少不了趁机兜售点私货,那也是它知道可以在菩萨默许的界限内行事,此乃"从心所欲不逾矩"。朱紫国国王无意中射伤了西天佛母孔雀大明王菩萨所生的二子,这下可了不得,佛母忏悔,吩咐要让国王和皇后分开三年,并染上重疾。佛母并未明确指派何人执行此项任务,大概有本事、有身份的菩萨、罗汉们,也不屑于去干这事,一个个装聋作哑。观音菩萨的坐骑金毛犼恰闻其言,便上了心。所以,逮着机会私离南海,跑到朱紫国落草为妖,掳掠了皇后,把那倒霉的国王吓出一身怪病,令他无药可医,受了三年活罪,痛不欲生。虽说金毛犼怀有私心,可能是想借机占点皇后的便宜,风流快活一回,反正皇后注定逃脱不了这一劫数,便宜谁不是便宜呢!但客观上毕竟是在帮佛母了却心愿、发泄伤子的怨气,做了佛母以及观音都想做却不好意思自己去做的事。

金毛犼貌似干犯了禁令,私自下凡为妖,罪不容赦,实则并无风险可言,背后有佛母和观音撑着咧;即使事情最终败露,顶多被主人骂一句"孽畜,还不还原,待何时也"。

所以,坐骑的确是个妙不可言的宠物,平素可以大摆神佛之为神佛的谱,碰到难题时,又可以指使、纵容或者默许它们去做些不便为人所知的事。真要是没了它们,这神佛估计做得也没多大的意思。

基 层 神 仙

　　逍遥自在、常赴盛会找乐子、消磨时间的是有地位的
大神,小神的日子则要辛苦、窘迫得多了。孙悟空初入天
庭,受封弼马温,这个职位类似于今天中央国家机关事务
局汽车队队长,如果有这个职位的话。别看弼马温未入
流品,手底下还有监丞、监副、典簿、力士等一大帮子杂
役,想想,要为满天神仙提供坐骑服务,这个官僚机构不
可能不大。连御马监弼马温都还不入流,何况是等而下
之的力士呢,在天庭像这些低级别的神仙应该为数不少。
如果不像孙悟空那样心高气傲,非要称圣做王,其实当个
典簿、力士未尝不是个好差使,好歹也是正式的天仙呀,
人间不知有多少人仰望而不得呢。再说了,这个差使极

度稳定，比铁饭碗还要铁，福利待遇也不错。当然，如果失职、违纪另当别论。为太上老君兜率宫看守丹炉的道人打了个盹，被悟空逃出八卦炉，作为惩罚，老君下放他到火焰山去当土地。由此说来，沉居人间的土地、山神，才属于最底层的神仙。

基层神仙群体数量更为庞大。第四十一回钻头号山的土地向悟空等人介绍本地山神、土地的编制概况：十里一山神，十里一土地。六百里的钻头号山总共就有六十个山神和土地。在基层的神仙力量配备还是挺足的，别的地方情况估计与之差不多。天庭的组织系统深入、扎根到人间的每一处土地，几乎没有管辖的死角，这是神仙能令普通民众向往和羡慕以及依附的组织保障。

只不过基层神仙实在难做。

枉顶着神仙的虚名，却享受不到神仙的诸多实质性好处。唐朝诗人高适年轻时为小吏，怨气颇重，写诗自述其中甘苦："拜迎长官心欲碎，鞭挞黎庶令人悲。"逢迎上司，自尊心受不了；欺负百姓，良心上又过不去。一语道尽了千古小官吏的难为。基层神仙，保一方水土平安，不至于搜刮地皮，在地方上作威作福；拜迎长官，接待过往的大佬，在所难免，这是个战战兢兢的苦差事。

如孙悟空，有名的刺儿头，顶着齐天大圣的名头，刁钻难缠。他保唐僧取经，每有意外，要了解当地情况，习惯性地把土地叫出来恐吓一番：先挨两棍再说。口耳相传，普天下基层神仙们都知道孙悟空的脾性。第七十二回，孙悟空叫唤土地，老头儿像推磨一样乱转，怕坏了。土地婆问他为何发起羊癫疯，老头儿说不曾接迎孙悟空，那家伙"一生好吃没酒钱，偏打老年人"，完全是个不讲理的主儿，见面准没好果子吃。当然，孙悟空从未真正打过土地，霸凌过山神，他只是图嘴皮子快活，耍个下马威而已，叫对方放明白点，尊重他，认真对待他的要求。像孙悟空这样本事和脾气都大，行事有妖怪之风的大人物，地方小神遇上了，难保不被吓成羊癫疯。

至于菩萨之流的高层，尊荣惯了，从容淡定，修养到家，无孙悟空的虚妄、野横，他们的存在本身就意味着震慑力，不必再刻意去讲排场、张气势、动声色。观音菩萨受佛祖委派去大唐找取经人，与徒弟木叉变作游方和尚，到了长安城，随便找个土地庙入住，"唬得那土地心慌，鬼兵胆战，知是菩萨，叩头接入。那土地又急跑报与城隍社令，及满长安各庙神祇，都知是菩萨"。观音菩萨不过现了个真身，轻描淡写交代几句话，整个长安地面便为之震动，全系统的神仙们都忙着跑过来磕头请安，害怕怠慢，这就是菩萨之位望所释放出来的巨大能量。在菩萨这样的庞然大物面前,基层的神仙像忙乱而不知所措的蚂蚁,永远都不知道怎样做才是合适的。

基层神仙虽说已预神仙之流,但是位卑势弱,本事有限,而运气坏的,甚至还要受其管区内的妖精们的欺辱和役使。那些妖怪等于地方上的土豪恶霸,他们手段高明,人多势众,有的背景更是深厚、复杂,交游广阔,无论哪方面都是小神们惹不起的。

盘丝岭有个濯垢泉,原本是七仙女的浴池,后被七个蜘蛛精霸占,七仙女居然未与之争,退让出来,大概是觉得强龙压不过地头蛇吧。该地的土地见连王母娘娘身边的仙女都忍气吞声,多一事不如少一事,他们更加避而远之,不敢沾染是非。平顶山的金角、银角两大王把土地和山神全叫到他们山洞里轮流值班。孙悟空听说,惊呆了,连叫两声"苍天",他觉得他自己已经够恣意妄为的了,可是从前当妖怪时都没干过使唤土地山神的事,不禁感慨:"天啊!既生老孙,怎么又生此辈。"他在纵横江湖的辉煌岁月里,任性妄为。他花果山也有山神、土地的,他不是没有能力欺负,也不是不敢欺负,只不过还讲点江湖道义,珍爱自己的名声,不为已甚;而时代每下愈况,继起的是更狂妄、霸道的后辈,在其面前悟空显得格外不合时宜,难怪要感慨系之了。从悟空的感慨中,可见基层神仙们倒霉的命。

　　比金角、银角两大王有过之而无不及的是牛魔王之子红孩儿，小小年纪，顽劣异常，把当地的山神、土地们全都拿到他的火云洞去烧火顶门，夜晚还要给他提铃喝号，纯粹是做杂役苦工，神仙当到如此凄惨苦楚的地步，也怪可怜的。更可恨的是，红孩儿的手下狐假虎威，借仗主势，索要贿赂，搜刮神财；那些土地、山神们一个个浑身脏兮兮，破烂烂，怂头巴脑，衣服都没个整样儿，毫无神仙的体面和尊严。一个乳臭未干的小魔头，仗着几分蛮力和一点背景，就把六百里钻头号山的基层神仙组织整瘫痪了。这样的手段和狠劲又是孙悟空要自叹不如的。

　　连基层神仙都过得可怜兮兮的，深受妖怪的欺压，那普通百姓就更不消说得了。

妖 怪 和 百 姓

　　妖怪们基本上是地方的恶霸,除了无权无势的基层神仙深受其害,最大的苦主应该是老百姓。如来佛祖的"外甥"云程万里鹏,就把狮驼国满城大小男女吃得干干净净,简直是糜烂地方,荼毒生灵。照这样说,老百姓应该对妖怪深恶痛绝、怕而避之才是,可事实上呢,并非如此。妖怪和百姓,不同情况下有不同的关系模式,不能一概而论。

　　猪八戒在高老庄做了上门女婿整三年,后来猪形毕露,高太公不悦,派人到处找法师来退妖。在他老人家看来,这门亲事不是长久之法,"一则败坏家门,二则没个亲家来往"。高太公并未多考虑女儿的意愿和幸福,据八戒的叙述，高翠兰应该对他还是比较满意的；高太公更关心的是家族的名声和利益。招了个妖怪女婿，这肯定是瞒不住的，势必沦为村民的口实，在背后被议论和取笑，太公丢不起这个人。更重要的一点，婚姻是以情分结合异姓，是合二家为一家，是增加家族资源和扩大社交网络的最佳方式，"有亲家来往"，走亲家，其意义是联络感情、不断强化这一结合方式。八戒乃头不明根底的猪妖，孤家寡猪，当然无法满足高太公对婚姻的认知和期待，哪怕八戒干活卖力，是把好手，给老高家的家产增值不少，女婿也当了将近三年，名分业已建立，这门亲事还是不能继续。但仔细玩味高太公的话，似乎不与妖怪结亲，不是个必须坚守的原则问题。假如有可"长久"的妖怪女婿，譬如模样俊点，看得过去，本事挺大，吃得不多，对自家的远亲近邻亦有照顾，又具背景，亲家走得拢，旁人都说好，一句话，能给老高家带来面子和实惠，是不是就笑眯眯地认了呢？不好说。

观音菩萨南海普陀莲花池里的一条金鱼成精，跑到车迟国元会县陈家庄旁的通天河做妖怪，每年要吃陈家庄里的一对童男童女，否则不保该地风调雨顺。摊上这样的无妄之灾，陈家庄的老百姓也认了。家大业大的陈澄、陈清两兄弟，向来与人为善，一辈子积德修行，好不容

154

易晚年各得一子一女,以为是多年行善的果报,谁知被轮到送子女出去当祭品。要不是遇上好管闲事的悟空,陈家真的从此断了香火。读到这里,读者难免好奇:他们为什么不设法躲避这场祸害而宁愿束手待毙!以陈家的财力,好像一走了之也非难事,何必把亲生儿女送给妖怪吃,这样活着又有什么意思呢?

这里有多种因素。

老百姓大多怀有"安土重迁"的观念,轻易不徙他乡。第六十七回,同样深受妖怪祸害的驼罗庄,迎来愿为他们主动降妖的悟空,表示成功之后,"我等每家送你两亩良田,共凑一千亩,坐落一处,你师徒们在上起寺院,打坐参禅,强似上方远游"。这是老百姓们的朴素观念:有稳定的家业过日子,好过无根底的东飘西荡。老百姓们不到万不得已,譬如兵连祸结,饥荒流行,一般绝不离乡背井。他们更情愿"好死不如恶活"。第六十三回,祭赛国碧波潭的万圣龙王伙同女儿、女婿盗了国中金光寺的国宝舍利子,元凶被悟空连同二郎神一道剿灭,最后剩下龙婆孑然一身。龙婆祈求:"好死不如恶活。但留我命,凭你教做什么。"悟空用铁索穿了她的琵琶骨,锁在塔心柱上,每三天送饮食一餐。如此屈辱、恶劣的生存条件,龙婆也甘然忍受,就因为能活着。只要还有生机在,老百姓一般能

155

忍则忍,不会错过。

再就是国家力量的缺位。国家在自我保障及役使民力上,效率往往奇高。第六十九回,悟空医好朱紫国国王的病,国王大喜,马上命人摆宴酬谢,"多官领旨,具简的具简,排宴的排宴,正是国家有倒山之力,霎时俱完"。第八十七回,悟空解救了凤仙郡的干旱,凤仙郡侯为了答谢,仅费时半个月,就建好巍峨壮丽的甘霖普救寺,用以祭祀唐僧师徒及帮忙的雷神、龙神。连唐僧都惊讶"工程浩大,何成之如此速耶"。但在保护民众上,往往迟钝、乏力。陈家庄位于车迟国,国王自己都迷信妖道,奉如国师,言听计从,当然不可能主持正义,扫清国境内的妖物,这不免造就妖怪们的横行霸道,也造就老百姓的自求多福。所以,很多时候妖怪们作恶多端,欺负百姓,不是妖怪们真的有多强大、凶残,而是老百姓们孤零无助,很好欺负。

不过,妖怪们也并不一定都是刀俎,专好鱼肉百姓。有的妖怪希望得到老百姓的敬意。红孩儿的叔叔如意真仙,霸占了女儿国解阳山的落胎泉。女儿国举国皆女性,要怀孕须喝子母河中的水,而要堕胎则须喝落胎泉的泉水。这如意真仙,倒也没有特别刁难女儿国的一众女辈。他把持落胎泉,当成独门生意,凡来求泉水的,必须孝敬花红表礼、羊酒果盘,方才予水。其行事风格与嫂子铁扇公主一模一样。火焰山附近的老百姓也是要备上厚礼求铁扇公主用她的芭蕉扇来熄火,好得以安生。这对叔嫂,既不平白害人,也不无故帮人,他们依仗着手中的垄断性资源,非要老百姓奉上赘敬,才肯施予。当然不是借机敛财,也不是脾性古怪,他们似乎很乐意看到、也很享受老百姓的诚心哀求,这大概能确证他们的价值。

还有的妖怪则愿以一种文明的方式与百姓共处。譬如,靠近城市的妖怪好像要比深山峻岭中的来得更加文明一些,他们讲究你来我往的公平之道。第八十九回,狮子精掳走了悟空兄弟三人的兵器,准备开个钉耙会来庆贺,派两头狼精古怪刁钻、刁钻古怪带二十两银子去集市上买猪买羊。悟空作法定住了这两头小妖,与八戒变身顶替,由沙僧做卖猪羊的客商,回洞一道复命。报账时宣称还差五两银子,妖王照付不误。客商明明已到他的地盘,大可不认账,连人带猪羊都吃掉,可他完全听信悟空,付清尾款,爽快、干脆得很。这头狮子精做买卖公道,并不仗着自己是妖精就蛮来,颇讲道理。看来,在市场较为发达的地方,即使妖怪,也会有所收敛,比较认同和遵守规则。市场有能力教育好妖怪。

做妖怪的快乐

　　《西游记》里写到了许多妖怪,有自行修炼成精的,有从天庭私自下凡的;有丑陋的男怪,也有妖娆的女妖。对待这些妖怪,作者一方面写了他们作恶多端,为祸一方;另一方面又渲染了为妖的乐趣,似乎当妖怪是一种颇值得肯定和向往的生活方式。

　　孙悟空最开始就是个不折不扣的妖怪,他曾自称是"历代驰名第一妖",颇为认同自己的妖怪经历。他只因嫌弃弼马温太小,一怒之下撂挑子不干,从天宫私返花果山,猴子猴孙们劝他:"大王在这福地洞天之处为王,多少尊重快乐,怎么肯去与他做马夫?"这是妖怪们对自我价值的体认,它不合于正统,但傲然独立于正统。

持类似看法的还有红孩儿的叔叔,名唤如意真仙,看来他们是妖精家族。他指责孙悟空害了他侄儿,孙悟空则夸耀红孩儿做了观音菩萨的善财童子,隐隐然还流露出一丝艳羡;这妖怪却表现出极为可贵的自由意识——"我舍侄还是自在为王好,还是与人为奴好!"生命的尊严和价值是用他所拥有的自由程度来定义的,而非他所拥有的社会地位。在这一番义正词严的驳斥之下,皈依佛门、走上正途的孙悟空反像沾染上了一丝奴性。

进言之,我们还可看到这种自由意识存在的物质基础。同样是如意真仙,当孙悟空自恃面子大,以傲慢的姿态来索取落胎泉的泉水,他则说:"泉水乃吾家之井,凭是帝王宰相,也须表礼羊酒来求,方才仅与些须。"他确认了落胎泉是自家的私产,对它拥有绝对的产权,非帝王宰相所能予取予夺的,这不正是他独立于政治权力而能以自由自在傲人的物质前提么?存在决定意识,所言不虚。妖怪们都占山为王,落地为寇,走了相同的路径,似乎是在说明拥有一个不容外界涉足的领地乃保障自由、获取快乐的必要条件。

那做妖怪的快乐究竟在什么地方呢?

在妖怪的世界中,吃人似乎是家常便饭的事。沙僧蛰居流沙河,自道吃人无数,甚至还把吃剩下的骷髅穿在

159

一起玩耍,这简直是在炫耀业绩。观音菩萨劝猪八戒加入取经队伍,猪八戒说:"依着官法打杀,依着佛法饿杀。去也,去也! 还不如捉个行人,肥腻腻地吃他家娘! 管甚么二罪三罪,千罪万罪。"他倒是很干脆地洞穿官法、佛法庄严背后的虚妄,远不如吃人来得实惠。肥腻腻地吃人,意味着无拘无束、没有任何道德负担的生存状态。的确,吃人是恶,应该遭到谴责,但不应在肤浅的谴责中略过其中隐含的深意。当行善成为必定的义务时,为恶便适时地成为通往自由之境的入口。孙悟空即使是在唐僧严厉的告诫之下,也不会教化妖怪、盗贼,而是选择武力,一棒打死。为恶是畅快的,它蔑视一切既定规范而任意宣泄心性。这畅快并非来自吃人,而是无所顾忌。是的,做妖怪的快乐首要在于彻底脱去了意识形态的束缚而能无所顾忌。

自然而然,情欲也可以很合理地释放出来,少了道德上的约束和修饰,谁又见过妖怪成天把仁义挂在嘴上做报告、号召"发乎情止乎礼"呢? 天庭中许多神佛的亲信、坐骑下界为妖,或许是繁缛、森严的规矩束缚了天性、以至更向往凡间在情欲上的自由吧。二十八星宿之一的奎木狼跑到宝象国摄了公主,玉帝质问:"上界有无边的胜景,你不受用,却私走一方,何也?"奎木狼说那公主本是天上玉女,两人素有旧情,本欲私通,只是怕玷污了天宫,所以双双下凡,成其好事。这不就是说世俗的男欢女爱与天庭禁欲的气氛格格不入么?足见在妖怪的世界中,人的基本欲望可以受到足够的尊重。

女妖们则有了更多主动的理由。第六十四回,唐僧夜逢几个树精,月下联句,好不风雅。圣僧的头衔,敏捷的诗才,俊洁的襟怀,唐僧完全是女性心中的佳偶。所以,俏丽的杏精主动接近,悄声求爱:"佳客莫者,趁此良宵,不耍子待要怎的?人生光景,能有几何?"尽管她有较高的文化素养,遇见意中人,情不自禁,索性无所避忌了。她对情欲的追求和享受有充分的自觉,因此行动是直接的,是炽热的,从而表现出大胆、放荡的姿态。而这一姿态绝非唐僧这样的有道之士敢于面对,更何谈接受!所以,他必须正义凛然地抵制,而只有恶劣的辱骂才能表白自己:"汝等皆是一类邪物,这般诱我。"用道德的天平来称量正、邪,大概只有这个样子才能维护他纯净、虔诚的面目。

妖怪们的生活还处于原生态,妖际关系简单,相互间通常情深义厚,这恐怕也是他们感觉到自在的原因之一。唐僧前身是金蝉子,因听佛祖讲经不专心而转托尘世,沙僧也只因失手打碎琉璃盏就被贬下天庭,天界的规矩不

161

是一般的大且严。平顶山上的两个小妖精细鬼和伶俐虫,受孙悟空的诓骗,丢掉两件宝贝,罪过不小,最后居然无事,他们的大王轻轻巧巧地放过了他俩,他俩深感意外:"造化!造化!打也不曾打,骂也不曾骂,却就饶了。"那个金角大王更是糊里糊涂,以为其弟银角大王被孙悟空害死,于是满洞群妖,一齐痛哭。《史记》里写汉景帝皇后的自小被卖的弟弟窦广国从民间被找到后皇后泪流满面,"侍御左右皆伏地而泣,助皇后悲哀"。平顶山的妖怪们朴实、单纯,远没有窦皇后左右那帮人懂得逢君之悲、助君之兴,他们的悲哀大半是银角大王平素不怎么严苛,上下之间积累了较为真纯的情谊。

相比于神佛们的圆熟、世故和做作,妖怪们倒坦诚、直白和可爱得多;相对于神佛们的拘谨、矜持,妖怪们也自由、放荡得多。不过,《西游记》似乎陷入了某种矛盾中,既肯定了当妖怪的乐趣,同时又注意到了这种快乐的不正当。尤其是一些土生土长的妖怪,总想着转型、升级,一步成仙。

妖 怪 转 型

　　很多妖怪并无特殊背景,只是山野里土生土长的飞禽走兽,机缘巧合,又经过漫长的岁月,自己修炼成精。有了神通法力,占了固定地盘,这个时候有必要注重社会形象。做妖,固然自在,终非长久之计,不是正果,他们也要考虑自身的定位和转型。神仙,自然成为妖怪们企慕、效仿和靠近的对象。

　　不管做不做得成神仙,首先自己要有这个心。名号是很重要的。名不正则言不顺,"妖怪"这个头衔,实在不好听,也说不出口。反正是关起门来称王,自封为仙又何妨,自个儿不能不尊重自个儿啊。黑风山上的黑熊精夺了唐僧的袈裟,孙悟空来黑风洞叫阵,把门的小妖颇有气

派地喝道:"你是何人,敢来击吾仙洞?"惹得孙悟空谩骂:
"仙字可是你称的?"这小妖不知道孙悟空是何许人也,在
陌生人面前不免摆谱,自称仙洞,傲慢的姿态令悟空不
悦。孙悟空忘了,当初在花果山时他也自封过"齐天大
圣",那时奉旨围剿的哪吒的反应也是如此——"这妖猴
能有多大神通,就敢称此名号。"时过境迁,在成佛的后备
梯队上被考察着和培养着的孙悟空,自然看不惯无甚名
头的山妖野怪们的僭越,不许他们"革命"了。足见妖怪
要想变身,一大阻力不是来自神仙,而是来自业已转型、
成功上岸的前妖,他们就像赵太爷呵斥阿Q的——"你怎
么会姓赵,你那里配姓赵",蔑视无名无分的妖怪们的不
够资格。

改名头、换称呼,还仅仅是转型的低级阶段,紧接着
在言谈举止上也要有所修饰。这可有点难为妖怪们了,
他们大多生于草莽,来自底层,天生鄙陋,举止粗野,不懂
礼数,缺乏教养。即使讲究言行,拿捏腔调,斯文起来,总
容易"返朴归真"。唐僧离开中土的第一场灾难,是在双
叉岭遇上老虎精,被生擒了。恰逢熊精和牛精双双来访,
三妖寒暄客套起来:"二公连日如何?"山君说:"惟守素
耳。"处士道:"惟随时耳。"谈话温婉得体,只是怎么看都
与他们的本相不大相宜。熊、牛二妖看到被擒的唐僧三

164

人,文绉绉地问"可待客否"。于是众妖把唐僧的两个随从剖腹剜心,剁碎身体,大快朵颐;有人肉可吃,便不再讲究和矜持了,本相禁不住露出来。

再往前一步,最好学会上等阶层特有的风雅玩意儿,诸如谈道论艺,作诗联句。荆棘岭上,几株植物成精,与那些动物成精者不大一样,他们走的是高旷路线,各个风采不凡,吐属优雅,并有字号:一个叫孤直公,一个叫凌空子,一个叫拂云叟,一个叫劲节十八公。可怜的唐僧,常伴左右的三个徒弟是赳赳武夫,妖怪出身,向以吃人为业,长得奇模怪样,没有半点文艺气质;而西天路上的妖怪们多半窥觑着他的肉,常被掳到阴森可怕的山洞水底,令他战战兢兢,哭鼻子长吁短叹;他又是个有情怀的人,平日难有机会赋诗言志,更奢谈旁有知音在。所幸在木仙庵中,有风有月,有茶有友,游目骋怀,畅叙幽情,实在是最合唐僧本性的辰光。只是随后而来的杏精搅了局,对唐僧赤裸裸地表达爱意:"佳客莫者,趁此良宵,不耍子待要怎的? 人生光景,能有几何。"一点都不含蓄,唐突了还沉浸于高雅之境中的高僧,逼得他发狠话表明心志。既然双方撕破了脸,文艺再也遮掩不住树精们的"村野之性",他们要使出非常手段来逼婚苟合了,品茶赏月,做诗观舞,到底没有热烈奔放的男欢女爱来得快活。

看来,妖怪们无论通过何种努力,来实现自我提升的期待,在种种诱惑、考验面前,难免本相毕现,折回原形。成神作仙,似乎是遥不可及的梦想,一堕妖域,再难换身。其实,也不是真的无路可走,并非一日为妖,怎么样也洗不了底,一生一世为妖了。脱胎换骨的路径还是存在的,甚至不必在行为、举止、修养上勉强自己,最直接、最有效、最简单的做法是挤入神仙的圈子内,与他们沾亲带故,变作自己人。陷空山无底洞的金鼻白毛老鼠精,在灵山偷吃了如来的香花宝烛,被托塔天王李靖拿住,李靖动念放了它,鼠精感恩,拜李靖为父,哪吒为兄。这门亲的确远了点,而且还是老鼠精的一厢情愿,自己往上靠的,李天王当然不怎么放在心上,要不是哪吒提醒,还不知道有这么一个所谓的女儿在凡间,但受了她的一炷香,毕竟也算是默认过了的。老鼠精就在无底洞中摆上香案,好生供奉李天王和哪吒的牌位,显示她不同凡响的身份。时下也有好多土豪喜欢在办公室里高挂他们和名人政要的大幅合影,诸如此类的事是否在暗示他们也属于神仙圈中人呢?八戒和沙僧要碎剐老鼠精除根,被天王以回复玉旨的名义劝阻,由哪吒三太子押解上天,自此下落不明,可能到李天王的云楼宫去做名正言顺的李家小姐了吧。

所以，神仙和妖怪，真有截然对立的界限吗？那也未必，观音菩萨曾经教育过孙悟空"菩萨妖精，总是一念。若论本来，皆属无有"。妖精和菩萨只在一念之间，从哲学上说这道理比较玄奥高深。做到菩萨这个级别，如果进不了哲学的层次，怎能体现出他是真理的化身呢？不过，切不要以为这只是空谈，道理谁说，皆是如此，真理是抽象的，关键在于由谁来解释和操作。对观音菩萨来说，妖精和菩萨确在一念之间，因为她有权决定妖可以不再是妖。黑风山的熊精颇具慧根灵性，让观音为之一动，特意收他为普陀山的护山大神，进了普陀这座大庙，不就成了有编制的正牌神仙吗？

妖亦有道

　　庄子说:盗亦有道。譬如结伙翻墙越室,也有道德好讲,乌合之众难偷大件。进屋之前,揣度藏品,这叫圣;领头的身先士卒,这叫勇;东西搬空自己殿后,弟兄们先撤,这叫义;判断能不能偷成,这叫智;分配公平,这叫仁。五种德行都具备,才叫江洋大盗;不讲道德,不过是不入流的小毛贼。各行业都有它的道德要求,当盗贼如此,当妖怪也如此。贼有贼道,妖有妖道。

　　我们看《西游记》里的妖怪,有道的还真不少。

　　第二十七回,白骨精要吃唐僧肉,这是成仙的最好契机,可以一步到位,省略中间修炼的漫长过程。但是悟空从中搅和,白骨精难以下手,只好保持跟踪,眼看唐僧师

168

徒就要过山了,她寻思:"这些和尚,他去得快,若过此山,西下四十里,就不伏我管了。若是被别的妖魔捞了去,好道就笑破他人口,使碎自家心。"看来白骨精很尊重其他妖怪的势力范围,虽说唐僧肉至珍至贵,她要是在自家山内动不了手,也不打算越界侵入其他妖怪的地盘。这种做法符合中国传统。《史记·游侠列传》提到西汉初年著名大侠郭解,天下人都仰慕他。洛阳城内曾经发生过仇杀,该地好多有头有脸的人参与调解,都没效果。当事人找到郭解,郭解虚辞推托:我这个外乡人,怎么能侵夺你们洛阳豪杰的权力呢?这就是大侠的做派,恪守边界,不抢地盘。世上很多纠纷瓜葛矛盾仇杀,不就是由于手伸得太长捞过界了吗?白骨精有这份自觉,还真不简单。至于后一般的话,那是面子作祟,怕在自家地盘上拿不下唐僧被江湖同道笑话。混江湖的,对于面子非常在意,可谓安身立命之本,旧上海大亨杜月笙有"做人要懂得三面"的名言,分别是人面、体面和场面。没有面子,江湖没法混。

有的魔头,手底下还有成百上千的小妖,作为大王,当然不可少英勇之气。第七十五回,狮驼岭狮驼洞的狮、象、鹏等三兄弟,应该说是西天路上势力最大、后台最硬的魔头。孙悟空从阴阳二气瓶中逃出来,在洞外叫战,无

169

妖敢于出声迎战,都在装聋推哑,大哥生气了:"我等在西方大路上,忝着个丑名,今日孙行者这般藐视,若不出去与他见阵,也低了名头。等我舍了这老性命与他战上三合。"作为声名狼藉的妖怪,碰到强敌避避风头也不算什么,但他不甘心,挺身而出,准备拼上老命为他们的名誉而战,其勇可嘉,不愧是做大哥的。

有的妖怪尽管是草根出身,格局却大,有兼容并蓄之度,用人不拘一格。孙悟空嫌弼马温官小,撂挑子回花果山,对前来征讨的巨灵神数落玉帝"甚不用贤",自言"老孙有无穷的本事,为何教我替他养马"。相比之下,妖怪的用人胆气、机制、方式灵活多了。通天河内,为金鱼精献计捉拿唐僧的鳜婆,来自龙海龙宫,从龙王那里听说过悟空其人和本领。狮驼岭狮驼洞的妖怪被悟空剿灭,有个小妖见机早,从后门逃脱,流亡到南山大王处被留用。而且,妖王对这些流亡者能予以破格的信任和重用。就拿那鳜婆来说,金鱼精听从她的计策,捉到唐僧,言而有信,与她结拜为兄妹,拟共享唐僧肉。再说那个从狮驼洞投奔南山大王的小妖,他见识过悟空的手段,头脑灵活,献出了一个"分瓣梅花计":优中选最优的三个小妖假扮妖王,分别迎战悟空兄弟三人,等他们三人被分开,缺乏保护的唐僧就轻而易举地落入妖王之手。妖王欣喜,允诺捉住唐僧后封他为前部先锋。果然事情进行得顺利，久经江湖的孙悟空居然被这个不知名的小妖算计，老妖一把唐僧拿到洞里，毫不耽搁，立马兑现，封做先锋。妖王自言"大将军一言既出，如白染皂，岂可失信"，以"大将军"自居，不无自我贴金之嫌，但他的气度和诚信还是配得上的。韩信在刘邦面前论项羽，说项羽是妇人之仁，将士们有功应封官加爵的，印信都摩弄坏了还舍不得给人，人心尽失，搞得下属们都觉得没有跟头。看来这些有功则赏、绝不食言的妖怪，如果假以时日，可能还会成气候的。

一般认为，妖怪是面相凶恶，脾气粗暴，特别是冷酷残忍、薄情寡义，不如此不足以表现出他们的坏，然而西天路上有些妖怪在情和义上均有可数之处。宝象国的黄袍怪，霸占了百花羞公主十三年。唐僧被捉，公主准备放掉唐僧，扯个由头，说她刚好梦见一个金甲神，来讨她幼时所立下的誓愿，要黄袍怪放掉唐僧作为对神的还愿。世上哪有这么巧的事，刚捉到唐僧她就梦到金甲神！但黄袍怪毫不怀疑："浑家，你却多心呐！甚么打紧之事。我要吃人，那里不捞几个吃吃？这个把和尚，到得那里，放他去罢。"已经在嘴边上的唐僧肉，只因公主的一个破绽百出的梦，干脆利落地放走。他对老婆很是宠爱，是个

171

有情的妖怪。

　　还有讲究孝顺的妖怪。这点很有意思，我们看香港的黑帮电影，尽管混黑社会的皆非好人，无恶不作，可影片往往不是把他们一黑到底，总要加人性的闪光点，最常见的就是孝。如果说黑道人士还有可取之处，那就是孝心。这是何意呢？大概是要强调：即使坏人，也不可能把人性剔除干净，对于父母的孝敬乃人性中最后的良知。还有一个，传统道德的起点是孝，许多德目如忠，被视作孝的放大。黑社会也要求其成员具有道德，坏人也要通过他的孝来证明或者标榜他身上有忠的根据。《西游记》中，我们看到像平顶山的金角、银角两大王，红孩儿，还有西海龙王的外甥，他们捉住唐僧，知道唐僧肉的价值，并不独享，马上向他们的父母、舅舅报告，邀请共食。这份孝心难能可贵。他们都是坏蛋，可有了孝心，就多了些人情味。

卑微的小妖

　　小妖怪嘛,都是些不入流的小喽啰,许多思想单纯,性子呆萌。第二十九回,八戒和沙僧在宝象国国王面前显摆、充能,重回波月洞搭救失陷于黄袍怪的百花羞公主。八戒一钉耙把洞门杵了个大窟窿,惊动了黄袍怪,惊诧:"我饶了他师父,怎么又敢复来打我的门!"旁边有个小妖马上接过话茬:"想是忘了甚么物件,来取的。"有这样的念头,就不会是阴险狡诈、大奸大恶之徒。所以,尽管在黑道上跟着大哥厮混,以杀人越货为业,很多小妖天性中的纯良也没有完全泯灭。如第七十回,朱紫国的妖王派遣一个小妖前去下战书,边走边谴责道:"我家大王忒也心毒,三年前到朱紫国强夺了金圣皇后,一向无缘,

173

未得沾身,只苦了要来的宫女顶缸。两个来弄杀了。四个来也弄杀了。……我大王使烟火飞沙,那国王君臣百姓等,莫想一个得活。那时我等占了他的城池,大王称帝,我等称臣,虽然也有个大小官爵,只是天理难容也!"他尚存基本的是非感,心里头还装着天理,在妖怪中算是比较讲良心的。不过,正因为单纯,而成天又处在不良环境中,居不处仁,他们更容易养上卑微者常有的习性。

尽可能地借机捞钱,占点小便宜,这事对小妖们来说并不罕见,也不以为不妥。第三十三回,孙悟空变作一道士故意绊倒奉命来收他的精细鬼、伶俐虫两小妖,借机讨要见面钱。这两个小妖不解:"我大王见面钱只要几两银子,你怎么跌一跌儿做见面钱?"做大王的,居然还向穷得叮当响的小弟索取见面钱,大概这是黑道普遍盛行的规矩。第七十四回,孙悟空冒充总钻风讹诈狮驼岭巡山的小钻风,新官上任,管着四十个弟兄,就要每人五两的"见面钱"。小钻风老实,说会齐了人一并打发。公鸡头上的肉,大小是个官。总钻风新官上任,手下的不能不有所表示,而小钻风对此毫无异议,看来他们认可新官上任下属应凑份子孝敬的潜规则。所以很合理地推想,有朝一日小钻风要是荣升了,他也会笑纳下属们的孝敬钱。潜规则也是有生命的,它会通过一代代小钻风们的收受把自

174

己不断传递和延续下去。

　　妖怪们不是生活在一个自给自足的天地中,也不是全靠抢劫吃人度日,他们免不了要和外界发生正常的联系,这其中当然少不了金钱上的来往。小妖们拿钱外出办事,不会在账目上清清白白,不会竭诚奉公,多多少少有雁过拔毛的念头。第八十九回,玉华州的狮子精偷了孙悟空师兄弟三人的兵器,准备开个钉耙会来庆祝,派两头狼妖带银子出洞采办猪羊,这两个小妖一路走一路商榷:"拿这二十两银子买猪羊去。如今到了乾方集,先吃几壶酒儿。把东西开个花账儿,落他二三两银子,买件棉衣过寒,却不是好!"事情还未办,小算盘都已打得蹦蹦响。把采购当成中饱私囊的机会,别说人,就连小妖也懂得利用。看来,办采购无论在哪条道上都是个肥差。

　　孙悟空的降妖除魔看似轰轰烈烈,路见不平提棒打,其实有背景、有后台的魔头最终都有他该去的地方,性命基本无虞,正义并未得到昭彰,反倒是那些孤零无依的小妖精们,十有八九成了孙悟空的棒下亡魂,作为孙悟空廓清妖雾的明证、成绩,他们的命不足怜惜,因为他们是罪有应得的弱者。这不是说小妖精们应该被同情和宽恕,他们也有其堕落之处。在一个尊严得不到普遍承认和保障的恶劣环境中,弱者往往朝更弱者下手,以挽回他们屡

175

弱的心理平衡。未庄里阿Q没少受人欺负,阿Q为了证明他也是有力量的,所以拿尼姑下手,摸摸小尼姑的头不说,逮着机会还跑到尼姑庵里去"闹革命",希望浑水摸鱼。《西游记》里有些小妖,威武毫不逊色于阿Q。第四十回,红孩儿把他地盘上的山神、土地全都捉到他的洞府去干苦力活,看到神仙们这么软善好欺,红孩儿手下的一众小妖也不甘落后,向这些可怜兮兮的小神讨要"常例钱"。没钱孝敬,就被迫捉几个山獐野鹿去打点这些小妖;如果连野味也没有,那小妖们就来拆庙宇、剥衣裳,把土地山神们搅得不安生。在好欺负的土地山神面前,小妖精们要霸气、威风得多。

当个体意识不到自身的价值,往往分沾他所依附的群体,特别是作为群体化身的领袖的力量以作为自己值得夸赞的荣耀。小人物之卑微,也反映在这里。车迟国王受虎、鹿、羊等三妖蛊惑,扶道虐佛,尊奉其为国师。一人得道鸡犬升天,他们门下的小妖道们个个趾高气扬,鼻息干虹蜺,和尚皆怵惕。孙悟空化作游方道士来套话,两个道士大放厥词:"你要见我师父,有何难处?我两个是他靠胸贴肉的徒弟,我师父却又好道爱贤,只听见说个道字,就也接出大门。若是我两个引进你,乃吹灰之力。"以与师父"靠胸贴肉"的亲密关系及不费吹灰之力引荐悟空作为对自我的肯定,这可能是小人物所特有的价值逻辑吧;接着他俩又对悟空炫耀:"后来我师父一到,唤雨呼风,拔济了万民涂炭。却才恼了朝廷,说那和尚无用,拆了他的山门,毁了他的佛像,追了他的度牒,不放他回乡,御赐与我们家做活,就当小厮一般。我家里烧火的也是他,扫地的也是他,顶门的也是他。"一口一个"我家",得意洋洋,通过凌辱更弱小的和尚来印证自我所属的群体的力量,小人物们就是这样建构起他们的优越意识。

铁 扇 公 主

铁扇公主是牛魔王之妻，她还有个称号"罗刹女"。罗刹，在佛经中本指吃人的恶鬼，男的极丑，而女的则貌美。总之，这不是个好称号。铁扇公主既有罗刹之名，似乎她应该是穷凶极恶、暴虐成性的。实则不然，她没有骚扰、欺凌地头上的百姓，也不像西天路上的放荡女妖们那样，对男人尤其是唐僧肉感兴趣。她一贯形象是端庄、整饬。用牛魔王的话来说："我山妻自幼修持，也是个得道的女仙，确实家门严谨，内无一尺之童。"或许是与她有个完整的家庭有关吧。家庭既是她的重心，自然也就塑造了她的品性。

作为家庭主妇，维持着一座府邸，家里还有不少仆妖供使唤，开销应该不少，从不见有田产、商铺，然则何以维持一大家子的生计呢？这是她必须操心的事。不要紧，她有独一无二的宝贝芭蕉扇。能帮老百姓暂时煽熄火焰山，当然她不是在行侠仗义、造福生灵——正儿八经的神仙都不干这事儿，何况她区区一个妖仙！她是要收取费用的，老百姓们每次都送来不菲的孝敬。铁扇公主明明有法子根治火焰山，可她才不那么干，那样做岂非断了自家的生计？也享受不到老百姓的虔心供奉了。芭蕉扇是她的衣食之源。

此外，她另有收入渠道。她的丈夫牛魔王搭上了有着百万家私的玉面小狐狸，那牛魔王固然与小情人双宿双栖、逍遥快活，可也不完全是没有良心，抛弃发妻，风流之余，牛魔王还顾念着家庭，动用小情人的家私来补贴铁扇公主家用，损有余以补不足。玉面小狐狸自言："牛王自到我家，未及二载，也不知送了他多少珠翠金银，绫罗缎匹，年供柴，月供米。"而从没见到铁扇公主嫌弃、拒绝这份补贴，看来她内心中还是很受用的。

她有独生子红孩儿，小小年纪，并不啃老、依傍父母过活，能自立门户，拉起一帮子小妖占山为王，还敢奴役山神土地，事业搞得有声有色，要不是招惹了孙悟空，继续这股势头，说不定能做大做强，成为江湖上的后起之

179

秀。从铁扇公主的出身来看,也不见得就把儿子当妖怪看成是不走正道;所以,站在她的立场,不能指责她疏于管教,纵子作恶。更何况,红孩儿颇具孝心,捉到了唐僧,全然不像通常被娇惯了的独生子那样先把自己管足、管够,而是放好,洗干净,特邀父亲过来享用。那为什么不一道请母亲呢? 可能是体察到母亲修道,素来不好人肉吧。

铁扇公主对这个儿子无比疼爱。当孙悟空来借芭蕉扇,美滋滋地说起红孩儿:"他如今现在菩萨处做善财童子,实受了菩萨正果,不生不灭,不垢不净,与天地同寿,日月同庚。"但铁扇公主不这么看:"我那儿虽不伤命,再怎生得到我眼前,几时能见一面?"这确是一个平凡母亲的朴实想法,她并不觉得傍上观音这座大庙有多风光、荣耀。同样是听说红孩儿被观音收编为善财童子,其叔如意真君的反应是"与人为奴",男性更认同自由和尊严的价值;而铁扇公主则感伤从此难有见面之日,女性更在意的是母子常聚的淳朴亲情,用那首传唱一时的歌曲《常回家看看》来说,就是"老人不图儿女为家做多大贡献,一辈子不容易就图个团团圆圆"。

儿大不由娘,丈夫又如何? 牛魔王威风凛凛,形雄势壮,书中描写他与悟空斗法时所显现的原身:"一只大白牛,头如峻岭,眼若闪光,两只角似两座铁塔,牙排利刃,连头至尾，有千余丈长短，自蹄至背，有八百丈高下。"这样雄武的体格，比起孙悟空的猴模猴样，自是不可同日而语，更能显出雄性的魅力。牛魔王早年闯荡江湖，与孙悟空等六妖结拜聚义，无怪乎能坐上老大的位子。显然，这样气派不凡的男性绝无可能甘心守着老婆孩子穷居山林过小日子。

铁扇公主根本无法留住牛魔王的人。她对此有清醒的认知，所以能等，也只有等。当孙悟空假扮牛魔王来骗她的芭蕉扇，她信以为真，引用俗语"男儿无妇财无主，女子无夫身无主"向"丈夫"哭诉受到野男人的欺负，再强悍的女人在丈夫面前总是娇弱。那句俗语道出了她所理解的夫妻关系：男人离不开女人，是需要女人管家，因为男人要在外面做事；女人离不开男人，是需要男人做主，因为女人不能依靠自己来立足于世。她既以这样的角色来自我定位，当然不会对牛魔王的外遇有根本性的不满。她只能坐等牛魔王自动回心转意。

所以，一得知丫鬟报告"牛魔王"回家，"那罗刹听言，忙整云鬟，急移莲步，出门迎接"，守了两年空闺，终于盼回了丈夫，第一反应是惊喜。尽管少不了怨意，开口就是"大王宠幸新婚，抛撇奴家，今日是那阵风儿吹你来的"；但随即自我调整："大王，燕尔新婚，千万莫忘结发，且吃一杯乡中之水。"情绪难免发作,但迅速止乎礼,自始至终把怨气控制在妇道允许的范围之内,而期待以温柔敦厚来感化心早已不在家的丈夫。这无疑就是传统社会对于已婚女性的道德要求,像这种做法,就叫"识大体"。

孙悟空有神佛相助,占尽上风,包围了牛魔王的老巢。继续对抗下去是不明智的,牛魔王却不甘受辱,"物虽小而恨则深",困兽犹斗,重整披挂,执意出洞,这已经不再是借不借芭蕉扇的问题了,而是事关荣辱的名誉之战,牛魔王有明知不可为而为之的英雄气概。铁扇公主则没那么多计较和讲究,对一个女人来说,在力穷势窘的时候,低头认输、保护丈夫的安全才是最重要的。她先是垂泪劝说牛魔王:"大王!这把扇子送与那猢狲,教他退兵去罢。"继而向孙悟空求降:"急卸了钗环,脱了色服,挽着青丝如道姑,穿缟素似比丘,双手捧着那柄丈二长短的芭蕉扇,走出门。"为了丈夫,她什么都愿意。

这个家到此就正式垮了:红孩儿在观音菩萨处打杂,牛魔王被牵到了佛地不知所踪,火焰山的火也彻底被芭蕉扇煽断了根,老百姓再也用不着每年提着礼物来告求铁扇公主。她夫离子散,只剩下那把芭蕉扇,从此孤零零地隐姓修行。最终她也修得了正果,很难说这是她真正想要的。

称呼的门道

　　人情和面子是连在一起的,所以有情面一说。重人情,必讲面子。而面子呢,头最重要,所以要从"头"讲起,头衔、名头就不能不好好讲究了,于是如何称呼他人的头衔、名头,便成了大问题,这直接关系到如何定位彼此的关系,如何分清合适的边际,以及人的荣辱和尊卑,尤其是他的存在感。如果称呼失当,那简直可以说不通人情莫此为甚。在《西游记》中,满天下都是面子专家,一个个非常识相,均擅长称呼之道。

　　说起来,称呼中大有学问和门道。以悟空这个人情高手为例,别看他平素大大咧咧,口无遮拦,没大没小,其实内心中是有计较的。他第二度上天庭,如其所愿,荣任齐天大圣,此刻身份不一样了,不再是未入流的弼马温,居移气养移体,派头自然而然出来。究竟如何与天界众神招呼呢?悟空的分寸拿捏得准。"闲时节会友游宫,交朋结义。见三清称个'老'字,逢四帝道个'陛下'。与那九曜星、五方将、二十八宿、四大天王、十二元辰、五方五老、普天星相、河汉群神,俱只以弟兄相待,彼此称呼。"他见太上老君,从来都是称呼"老倌儿",加个"老",以示尊长敬老,太上老君的资历岂容小觑!后续个"倌儿",略带一丝随意,看来悟空自视甚高,在敬仰老君之余又不肯自抑过度。逢四帝道声"陛下",切合四帝的名位。至于那些天将、星宿们,名为清贵的神仙,实乃赳赳武夫,彼此以"兄弟"论交相待,多点江湖味,也就增了亲热度。从称呼中就可以看出来,这猴子游刃有余地穿梭于庙堂风格和江湖气息之间,左右逢源,上下俱通。综合考虑关系、地位、身份来确定称呼,在给面子和拉交情中建立必要的平衡,此乃悟空一类人的称呼之道。

再者,称呼的一个必要原则是"就高不就低"。譬如孙悟空自封齐天大圣,本来无此头衔的,经过天庭认证、册封,那就正规、入流了。如此高的品级,乃莫大的尊荣,足可放到场面上堂而皇之地恭维。所以,肯给悟空面子的,认可此人的,当面奉承一声"大圣",绝口不提那令他难堪的"弼马温";反过来,要是看不惯其人的嚣张、傲慢的嘴脸,非要泼凉水,打击其气焰,那自然是"就低不就高",故意提他自己都羞于启齿、引为禁忌的"弼马温"。一般来说,神仙在悟空面前都称呼他"大圣",而妖怪、尤其是那些与天庭有千丝万缕关系、深知他出身的妖怪,哪壶水不开偏提哪一壶,往往羞辱性地专揭他"弼马温"的底子。

讲究称呼,最好做到"只在乎曾经拥有,不在乎天长地久"。有时候人的身份、处境发生变化,既往的头衔尽管不能跟着转,也不要紧,过时的头衔也有适时之用。第九十二回,奎木狼等星宿应悟空之请,下凡擒妖。事成之后,唐僧非要客套,八戒劝他适可而止,奎木狼道:"天蓬元帅说得有理。你与卷帘大将保护你师父回寺安歇,待吾等还去艮方迎敌。"这奎木狼很机灵,称呼得体。现如今的八戒和沙僧,早已被褫夺仙籍,开除公职,凡人一个;即使作为唐僧的徒弟,实际上也只是跟班兼保镖,没个上得了台面的身份以及与之匹配的名号。叫个"圣僧",似不合适;称声"长老",亦显突兀,况且大家曾经是天庭同事,这么叫法,好像生分,难逃讥讽之嫌。所以。干脆提"天蓬元帅"、"卷帘大将"这威风凛凛的旧职、旧号,一来好听、好说,二来表示没忘记他俩的威风史。大概有好几百年没被这么称呼了,想必八戒和沙僧骤然一听,应该很是受用,内心滋润,比吃了几个人参果还舒坦。

与那些来历不明、口气不小、气派不凡的人打交道,比较保险的做法是使用通用型的尊称,尽量模糊处理,先稳住局面,好探明虚实。孙悟空被勾魂到阎罗殿,怒不可遏,大撒猴气,唬得阎王们个个出面,应声高叫:"上仙留名!上仙留名!"尽管不知道这个蛮不讲理者姓甚名谁,有何背景,但恭维一个好听的"上仙",总不是坏事,接下来就可以把他的来意弄清楚了,便于定夺。如同现在惯做接待工作的,随口把"领导"、"首长"等之类的帽子为陌生的来宾们戴上,总不会错到哪里去。当然,如果内心不大认可,加个恶谑,最宜发泄。第八十一回,悟空向镇海寺的和尚们炫耀、卖弄他的手段,"众僧听着,暗点头道:'这贼秃开大口,话大话,想是有些来历。'"和尚骂和尚为"贼秃",也是一绝。

称呼,有时候是一堵无形的墙,把人分开,建起界限。譬如前面就已说过的,唐僧一向称良家女子为"女菩萨",这个称呼令唐僧以能礼自持,思不出位;有时候则能拆去心理障碍,拉近距离。八戒极擅长此道。第二十三回,观音菩萨等化作美妇,欲招赘唐僧师徒。幸逢此等美事,八戒的心思不免活动起来,扯了个喂马的由头慢慢贴过去,

186

八字还没一撇呢，也不管别人看没看中、情不情愿，对着老妇人，一开口就叫"娘"，自此再没松过；虽然厚颜无耻，但这股亲热劲儿和黏糊劲儿，不能不融化老妇人的心。悟空"嘴熟"，人情素来练达，拿惠而不费的名头骗女人自然在行。女儿国国王一心一意招赘从天朝来的御弟唐僧，悟空设计，假意答应，骗取通关文牒再说。女王请唐僧共上龙车，唐僧过于紧张，手足无措，悟空在旁道："师父不必太谦，请共师娘上辇，快快倒换关文，等我们取经去罢。"这声"师娘"，尽管不是特意为女王而发，但女王定是听得心花怒放，必以为好事谐矣。

方 便 的 哲 学

　　唐僧是孙悟空的师父，但几乎没有给予悟空什么教诲，悟空只是他用师徒名义捆绑起来的保镖，用以确保悟空的忠诚。有的时候情况危急，唐僧甚至愿与悟空对调师徒的位置，做悟空的徒子徒孙，只求保命。他常对悟空喋喋不休地宣讲过出家人以慈悲为怀、不可杀生之类的话，这不是教诲，而是劝悟空自觉进入和尚的角色，不要继续肆意妄为，草菅人命，还把自己当成个无法无天的妖怪。唯一勉强可称得上师父对徒弟教诲的话，是在第八十一回，唐僧说："徒弟，常言说得好，遇方便时行方便，得饶人处且饶人。操心怎似存心好，争气何如忍气高！"要悟空少惹事，忍着性子，学会睁一只眼闭一只眼。

这几句话确实是世故之言。方便，本是个佛教语汇。《维摩诘经》里有"方便品"，是说居士维摩诘善于随缘设教，不拘一格。这个词慢慢进入日常生活中，含义异常丰富。网上流传一个段子：老外对汉语中的"方便"一词瞠目结舌，不知所谓。因为，上洗手间可以叫方便，有空得闲的时候可以叫方便，给予某种特殊的关照也可以叫作方便……一个词居然有这么多完全不沾边、不搭调的含义，对单线条思维的老外实在太不"方便"了。但，任何一个成熟的中国人都懂得方便实在是妙不可言。

　　唐僧所言，是符合人情逻辑的经验之谈。人情，是礼尚往来，是投桃报李，是你敬我一尺我还你一丈。所以，予人某些方便、特殊的待遇、额外的关照和恩惠，是放人情债。债务一经产生，便构成一种在适当时候必须偿还的心理压力，否则于良心有亏欠。主动与人方便，实际上赢得的是人际互动中的主动权，或者说拥有了在必要时进行索偿的权力。第二十七回，唐僧肚子饿了，叫悟空化斋，悟空有所拖延，唐僧顿时不快，骂这个猴子：亏我救了你的命，你还不勤快一点，叫你动你就动，还磨蹭个什么。唐僧不是凭借着自己师父的身份，而是以曾予方便的债主身份，来吩咐、指派悟空。读到这里，我们就明白了，在制定取经行动时佛祖何以特意嘱托观音菩萨找神通广大的妖魔为取经人做徒弟。或许我们以为，像取经这样正义、崇高的事业，参与者应当底子清白、品行高洁、信仰坚定、思想纯粹，道相同才好一起谋事呀。其实很多情况下，不干不净的"坏人"比一尘不染的"好人"更方便指挥和调配，因为"坏人"对"方便"要求更多，也就有更多的可能处在被人索债的位置。一个债权人带着几个债务人上路，哪能不被好好伺候着。佛祖确实人情熟透啊。

即使迂如唐僧，都晓得如此操作，何况他者。第三十回，沙僧自告奋勇救宝象国公主，可惜功夫不济，被妖怪捉住。妖怪怀疑公主私下通风报信，叫来与沙僧当面对质。沙僧当然知道事情始末，但他没有吐露真相，怀着报唐僧恩的心思自己全部扛下来，准备赴死。谁知事情出现转机，妖怪谅解公主，公主顺势为沙僧说情，沙僧暗喜："我若不方便了他，他怎肯教把我松放松放。"沙僧有慧根，瞬时悟道，他甚至还认为"天上人间，方便第一"，这可就是普遍规则了。

既以方便为处事之妙道，便对人的内在修养提出了要求，必须能忍。在佛教中，忍是明澈的智慧与高尚的德性的合一，透彻认识世界的真性后心灵所达到的境界——对于一切事物均可安然不动。简单来说，是经由理解而通达忍受。像那富于智慧的维摩诘居士，能"以忍调行",所以善于"通达方便"。而在人情逻辑支配下,忍同方便一样,也获得了新的意义。

忍,作为人情世界中的生存策略和人格修养,就是尽量约束自我,耐着性子与人周旋,行方便,给面子。我们看如来佛祖就是这样。玉帝奈何不了悟空,不得已搬请如来这支最后的救驾奇兵。如来果然法力无边,轻巧巧地一出手,就把悟空压在五行山底下不得动弹,天界恢复了和平和秩序。玉帝大悦,举办安天大会酬谢佛祖。佛祖很客气:"老僧承大天尊宣命而来,有何法力?还不是天尊与众神洪福,敢劳致谢!"妖猴的犯上作乱,玉帝都已乱了方寸,无能为力,而佛祖一出马就摆平了,多有面子的事。尽管内心非常喜悦,可人家佛祖场面上极为克制,行事低调,态度谦逊:我也是奉命行事,全托大家的福分,我那点雕虫小技不值一提。想必玉帝听到这番话,心里嘀咕道:这老和尚实在太精明,摆明儿是提醒我欠他一个人情。也罢也罢,谁教我先求人家来着,方便的时候再还罢。

再来看看孙悟空,当了个有名无实的齐天大圣,闹了场不知所云的造反,被压住五百年,秉性未改,把这段不那么光荣的经历从东土一直吹到西天,无论对何种妖怪都要夸耀一下,生怕不知道自己的名头,一受轻视就怒不

191

可遏,从不耐心、忍性,与佛祖的高深道行相比,确实稚嫩;唐僧除了怕妖怪,更怕受这个到处争闲气的徒弟的牵连、拖累,影响到他的取经伟业,教导几句,理固宜哉!

其实,不能把孙悟空看死,好像他江山易改本性难移一样,别人身包胆,他胆包身,接连不断地惹是生非,从不长点记性。孙子有言:"勇怯,势也。"人的勇敢和怯懦不是天性所致,而是环境、形势的造就。形势比人强。第八十二回,孙悟空以木材做比方来教导八戒:杨木性软,被巧匠雕成佛像,受尽礼拜;檀木性硬,被用去榨油,受尽苦楚。谁说孙悟空不懂得忍的道理呢?

人 间 国 王

　　《西游记》中引用了大量的民谚俗语，这些谚语活泼、俏皮、够劲，富于浓厚的生活气息，反映了普通人的某些生存智慧。其中有些是关于皇帝的，颇具意味。如孙悟空造玉帝的反，自信地说"强者为尊该让我，英雄只敢此争先"，从西天过来镇压的如来佛祖训斥猴子不知天高地厚，说玉帝之能为玉帝，是因自幼修持，历经一千七百五十劫，每一劫难是十二万九千六百年。但，资历深厚，就有资格永远霸占凌霄宝殿称帝吗？这不合道理。悟空表示不服，引常言"皇帝轮流做，明年到我家"来反对。这话和陈胜的"王侯将相宁有种乎"在精神上一脉相承且更进一步：皇权不应是封闭的，须向强者开放。造反之所以有理,不在于造反本身,而在于所反之对象霸占、垄断权力和位置乃是无理的。

第七十一回写到悟空为朱紫国国王搭救被妖怪掳去的金圣皇后,悟空用毫毛变作虱子臭虫钻入妖怪身体内,妖怪瘙痒难耐,姿势不雅,在金圣皇后面前羞愧不安。皇后反过来劝慰:"常言道,皇帝身上也有三个御虱哩。"特权人物为了防止权力被人觊觎和篡夺,有意自我神秘化和神圣化,通过各种符号、禁忌把自己保护起来。这是诸文明民族的惯性、通例,弗洛伊德《图腾与塔布》一书曾提到过古代的日本天皇:他们赋予自己的身体以神性,他们认为连太阳都不配照到自己的头上,以至于剪发、剃须、修指全不被允许;而为了身体的清洁,这些工作只能在夜晚趁天皇睡过之后由人擦洗。所以,拉扯下特权者堂皇面具的最好方式,是把他们看成俗人一个,也吃五谷杂粮,也放屁打嗝。知道"皇帝身上也有三个御虱",就是老百姓们的政治智慧的特有表达方式。

与此类民谚的精神指向相呼应的是《西游记》中的一系列人间国王。借助于取经历程的展开,各类国家逐一出场。由于取经具有历险性,这些国家需要出现和制造麻烦以增加取经的难度,所以国王们就不能以圣君贤主的面目出现,这恰好便于展示历史上帝王们的种种昏聩、可笑和低能之处。

大略而言,小说里的昏君有如下四类。

第一类是弱不经事。唐僧师徒所经过的第一个比较像样的国家是宝象国,其国王——用他女儿百花羞公主的话来说,是守着祖宗传下来的江山,不是自己亲自打下来的,自幼太子登基,城门也没远出,见着凶人就怕。碰巧的是,唐僧师徒所经过的最后一个国家天竺国国王也是如此。嫦娥的玉兔下凡变作国王的公主,被悟空识破、收服之后,国王想念下落不明的女儿,禁不住流泪:“孩儿!我自幼登基,虽城门也不曾出去,却教我那里去寻你也。”书中的天竺国,是个可与大唐比肩的大国,而其国王对公主的下落一筹莫展。这确实是历史上帝二代、三代们的共性。他们生于深宫之中,长于妇人之手,不识民间疾苦和人情机巧,只能当个太平皇帝。清代的雍正曾经告诫大臣们:他当王子四十年,人情物理熟透,不是那类经不起事的皇帝。像雍正这样的,在历史上并非常例。

第二类是迷信方士。迷信方士,要么是出于祈雨的需要。农业民族,最紧要的民生问题和政治问题,是年成好不好。若要五谷丰登,便须风调雨顺。乌鸡国、车迟国两国国王宠信妖道,就在于他们有呼风唤雨的手段。结果一个被推到井底,做了孤魂野鬼;一个在道士的怂恿

195

下，大肆虐待和尚。迷信方士，要么是追求长生的需要。比丘国国王听信寿星坐骑的蛊惑，要用一千个小儿的心作为药引以延年益寿。道教是世俗化的宗教，追求长生，非常合乎专制帝王的脾胃。处在权力链条顶端的帝王们，鲜有不渴求活得长久的。尤其是那些雄才大略、有事业心的皇帝，更是如此。就像前些年电视剧《康熙大帝》主题曲所唱的，"愿天再借五百年"，就怕活不长，很少觉得"寿则多辱"。总之，因为切实的客观需要在，方士们便堂而皇之地闯进庙堂，装神弄鬼，颠倒众皇。别说昏庸的皇帝，雄才大略如汉武帝等，都受过方士的骗。像汉武帝，甚至把公主都下嫁给了方士，只为求长生之方，即使发觉上当，其志不悔。方士，似乎也可以说是帝王们的欲望塑造出来的产物。

第三类是乖张暴戾。祭赛国国王认定其国中金光寺的和尚偷了塔寺的宝贝，以至于四夷不来朝拜，失去了他祭赛国的大国气象，所以拿可怜兮兮的和尚出气，不问情由，全都抓捕，拷打问罪。灭法国国王因为僧人诽谤过他，不问青红皂白便向天许愿要杀掉一万名和尚，好做圆满，到唐僧师徒经过之时已杀了九千九百九十六名。可怜这么多和尚就因国王荒谬的政策而无端端丢掉性命。有权者的任性，使其乖张、暴戾不受遏制，普通人遇上了，

196

只能大倒其霉,还有什么好说的呢,还有什么能说的呢?

第四类是不爱江山爱美人。朱紫国国王,自他的皇后金圣娘娘被妖怪掳掠后,惊吓成疾,荒废朝政。待悟空自告奋勇要为他除妖请回皇后,国王跪谢,情愿把江山让给悟空。还是八戒说得透:"这皇帝失了体统!为老婆不要江山,跪着和尚。"

诚然,《西游记》一书多漫画式的笔调,为着书本身的趣味起见,不无夸张、戏说的成分,但也无形中透露出普通民众的政治态度:对于帝王,并无特别的崇敬,甚至也没有过多的恐惧,更多的是调侃和戏谑。中国有两千多年的帝制史,历代帝王莫不用各类象征性的符号来装饰、指示、强化皇权的神秘性和权威性,把自己比之如天、拟之如父、立之如圣,民众其实心里明白得很,并未有如其所期待的敬仰和虔诚,至少《西游记》的作者是这样的。

天 上 人 间

　　俗话说：天上一日，地上一年。天上和人间两个世界在时间上不对称、不同步，这是两个异质的世界。如果顺着这个意思，把这话作比喻解，那就是天上的一点芝麻绿豆的事，放到人间，可能就是了不得的大事；反过来也一样，人间了不得的大事，放到天上，可能就是一点芝麻绿豆的事。

　　孙悟空大闹天宫时，蹬倒了太上老君的丹炉，有几块带着余火的砖头掉到了人间，结果就成了绵亘八百里的火焰山。那山四周寸草不生，任是铜头铁身也要化成汁；老百姓若想存活，必须请铁扇公主动用她的芭蕉扇来熄火、生风、下雨，这样才能保证播种收割，有五谷可以活命。铁扇公主架子奇大，请她出手的礼物要够，态度须诚，即使这样，也只能管得了十年的时间。天上自家的一点内部骚乱，不过几块砖头落到了人间，就给当地人的生活带来如地狱般的噩梦和苦楚，他们的命运就这样无端端被几块砖头所改变。神佛的坐骑和贴身侍从，在他们的世界中，无甚地位，而一旦下界，足可兴风作浪，雄霸一方，连它们身上佩戴的装饰物以及顺手牵来的主人的寻常生活用具，统统变成了无往而不胜的法宝。为太上老君看丹炉的两个童子跑到平顶山为妖，把老君的裤腰带顺便带到人间，就成了连神仙都忌惮的幌金绳。观音菩萨的坐骑落到朱紫国当山大王，它脖子上的三个金铃威力无穷，据观音讲，连十个悟空都近不了它的身。弥勒佛的黄眉童子带了个敲磬的槌子下凡，就是神仙也怕的狼牙棒。

普通人活到七老八十可谓长寿，要念阿弥陀佛了。那比丘国国王受妖怪蛊惑，欲用国中一千一百一十一个小孩的心肝做药引，煎汤服药，做这样伤天害理的事，据说才能延寿千年；而在王母娘娘的蟠桃园里，常人吃个三千年一熟的最下等的桃子，都可以体健身轻，成仙得道，像这种档次的桃树在蟠桃园里总共有一千二百株之多，更别谈中、上等的蟠桃了。朱紫国国王忧疑成疾，举国束手无策,孙悟空为他配好乌金丹,须用无根之水做药引,唤来东海龙王帮忙,龙王打了两个喷嚏,吐了口涎水,在那个国家顿成甘霖。一国之君的病,只消龙王的喷嚏和涎水。

天上和人间既然这样不对等,天上自然成为人间仰望和歆羡的对象。天上与人间,于是有了沟通。就像太白金星说的:上圣三界之中,凡有九窍者,皆可以成仙。原则上,天上并不拒绝接纳来自人间的新生力量。只要修炼成精,有足够的实力即可获得天庭的承认。

这在中国历史传统中是有根据的。原始儒家主张人皆可成为尧舜那样的圣人,明代王阳明更是说"满街都是圣人",无论如何都否认了圣性为某一类人所垄断、独占;道家有"道在屎尿"一说,意即道是普适的,任何事物均有可能沾染上道的品性。到佛教传入中国,亦有"一阐提皆有佛性"之论调,宣称众生皆可成佛。总之,各家思想都赋予了普通人自我提升以拥有类神性的内在依据。如果说以上所指的只是人的精神境界的修养,与人的实际社会地位无涉,那么宋元以来,科举发达,通过读书应试,普通人"朝为田舍郎,暮上天子堂",所以"将相本无种,男儿当自强",社会上层为平民子弟开放了一条可见、可行的门路。相对于魏晋南北朝时的讲究出身门第的贵族社会,宋明以来社会阶层之间的流通、互动已大大增强。

　　除了读书应举,以正途出身来获正果,还有另外的、专向草莽英雄们开放的通道。不管是啸聚山林,还是流窜为寇,只要时来运转,接受了朝廷的招安,就能飞黄腾达,改换身份,封妻荫子,家里的鸡犬也可随之升天。所以说,社会上层不刻意的自我封闭,使得中下层里的本分人有本分人的出路,不老实者也有不老实者的缘法。后者在某些特殊时刻作为一种上升模式说不定更为便捷、通畅,宋代就流行有"仕途捷径无过贼,上将奇谋只是招"的俗语,那宋江不是也做过词,表达心愿:"望天王降诏,早招安,心方足。"这曲线升天的路线,正好印证了老子"大直若屈"的辩证法。

　　孙悟空自不必说了,以一无所依托的石猴身份堂然接受天庭的收编、册封,居然做到了齐天大圣,这个名头很是吓人,应该是享受相当于正天级的待遇吧。要不是他心有不甘,非争天庭实质性的认同而不是个虚好听,他也不会被镇压。那猪八戒也有他的际遇,他曾经对悟空自道出生来历,"我自小生来心性拙,贪闲爱懒无休歇",说的是从小游手好闲,不学无术,看来是个不正经的浪荡子弟;"忽然闲里遇真仙,就把寒温坐下说",说的是遇着机会,学到本事;"功圆行满却飞升,天仙对对来迎接",说的是一跃龙门,身份改换;"玉帝设宴会群仙,各分品级排班列。敕封元帅管天河,总督水兵称宪节",说的是正式进入天上的武将系统,有职有位。这或许是隐喻走军功路线而发迹的一类人。

世人都晓神仙好,挤破头想上天做神仙,所以玉帝就很难理解,居然有不好好做神仙、享仙福而思凡下界的。如第三十一回,对在宝象国做了十三年妖怪的二十八宿之一的奎木狼,玉帝指责:"上界有无边的胜景,你不受用,却私走一方,何也?"直到奎木狼真心悔过、认错,玉帝这才放他一马,罚他到太上老君的兜率宫去烧火,有功再复职,以示薄惩。对满天大大小小的神仙们来说,天庭最严厉的惩罚,可能还不是处以极刑,而是褫夺仙籍,逐出天庭,打回人间,重新投胎,让他们望天遥叹,凄惶度日,悔不该触犯天条,辜负天庭的培养和重任。

数 字 世 界

　　《西游记》的作者似乎有强烈的数字偏好,全书中人物的塑造和情节的推进,大体笼罩在神秘数字的框架中。孙悟空笑傲江湖的一身好功夫,三个数字提供了明证:筋斗云一翻就是十万八千里,神通莫测的变化共有七十二种,手里的金箍棒重达一万三千五百斤。取经是整部小说的主导情节,而取经一共要走十万八千里,历经九九八十一难。这八十一难由一路奉命暗中保护唐僧的四方揭谛、值日功曹和护教伽蓝登记在册,像今天上班族的考勤打卡一样,非常严格。

　　这些五花八门、名目繁多的数字,大抵都可归结到传统的数术之学的范畴。数术,是有中国特色的"数目字管理"。确实,如果能够还原到数量,模糊、抽象、玄虚的事物便可以得到确切的规定和说明,同时便于操作和利用,满足人对世界的认知和实践的需要。

譬如,说孙悟空比猪八戒本事大,有了数字便一目了然。孙悟空的独门兵器金箍棒重达一万三千五百斤,而猪八戒扛着的九齿钉耙只有一藏之数,连柄在内共五千零四百斤;孙悟空变化七十二种,而猪八戒的变化只有三十六种。用数字一对比,猪八戒就不能不服大师兄的气。玉皇大帝凭什么占着凌霄宝殿当大天尊而不肯让位于高明,如来佛祖出来讲明情况:原来玉帝自幼修持,苦历一千七百五十劫,每一劫有十二万九千六百年。没有哪个神佛有这样深厚的资历。有数字来说明,孙悟空就不能不服气。

命运本很玄虚,而如果有了"数"的话,命运就好说清楚。二十八宿之一的奎木狼私自下凡,霸占宝象国的公主十三年。原来这公主乃天上披香殿的侍女,与奎木狼本有私情,为更逍遥快活,两人临凡在宝象国好上了十三年。"一饮一啄,莫非前定",佛教的因果之说就为传统的命数观念提供了新的解释理由。乌鸡国国王有眼不识文殊菩萨,把菩萨捆绑,投到水里浸泡三天三夜,文殊菩萨的坐骑化作道士把国王推下水井浸了三年,而他自己篡位三年。国王种下了因,所以有其果报。这样解释,就能让一般人明白命运乃绝不爽约的报应。但不明白的是,为什么文殊菩萨安排他的坐骑变作全真道士去报仇加害国王、执行命运的裁决,据说还是佛祖钦点的,莫非要维护佛教的光荣形象且顺便抹黑道教?

中华是堂堂礼仪之邦,礼仪三百,威仪三千。人生在世,礼是不能废的,从天子到庶民,一是皆以礼为本。要想行礼如仪,同样离不开"数"。朱熹的门人蔡沈就说过:"欲知礼不可不知数。数者,礼之序也。"礼维护人际的秩序,也要靠数来实现,这就是"礼数"。铁扇公主的芭蕉扇扇三下,可保火焰山附近风调雨顺,五谷丰登。不过,她的架子大,很讲礼数,不肯轻易惠民,须用"四猪四羊"等礼物拜请方才出山施法。朱紫国国王请悟空搭救他的正宫皇后,情愿率三宫九嫔,出城为民,把江山让给悟空来坐。三宫九嫔,也在礼数之列,国王讨老婆同样必须接受数目字的规定。东汉荀爽上奏皇帝:"众礼之中,婚礼为首。故天子娶十二,天之数也。"一年十二个月,按照天人相应的理论,作为天子的皇帝也应娶十二个老婆,以符合天数,这便是礼数,即使贵为皇帝也不能由着性子来,谁教自称天子呢?

于是,"数"便意味着一种铁定的必然性,体现的是上天的不可逆的意志,谁都无法违抗,所以又成为"定数";只有完成和实现了的"定数",乃可称为圆满。灭法国国王,因有和尚诽谤他,向天发愿要杀一万名和尚做圆满;天竺国铜台府地灵县寇员外见到唐僧一行四人,极为高兴。他自四十岁时立下誓言要斋僧一万名,二十四年来总共才九千九百九十六名,就差四个便功德圆满,欣逢唐僧师徒,完成宏愿,此乃天意。

规定好的数,若有欠缺,绝难容忍。唐僧抵达灵山,观音菩萨把行程日志一查,发现还缺少一难。这可不行,当即传令护送唐僧师徒回东土的八大金刚,把风按下,将师徒四人连马带经,坠落下地,人为制造了一次空难,以便完成佛门"九九归真"的规定。至于为什么一定要遭遇八十一难,实在费解;而且还不知道唐僧所遭遇到的一系列劫难,其性质、范围和次数究竟该怎么以及由谁来界定。总之,这是一笔难以详究的糊涂账,只能归结为无所逃的定数。

所以,就有了"凑数"的必要。就像打麻将三缺一是不行的,必须凑够人数才得以过足瘾。久而久之,凝聚成我们民族的一种文化心态:凡事皆须合数,皆求合数。如同鲁迅曾批判过的"十景病"——"点心有十样锦,菜有十碗,音乐有十番,阎罗有十殿,药有十全大补,猜拳有全福手福手全,连人的劣迹或罪状,宣布起来也大抵是十条,仿佛犯了九条的时候总不肯歇手。"凡事不足其应有之数,就好像名不正言不顺一样,如果不凑够,于心则有所不安。

取经路上的妖怪,基本上是悟空靠本事降的,各路救兵也是悟空找交情请来的,与他的其余几个师弟关系不大。沙僧挑挑担子也还罢了,终归发挥了苦力的作用,连小白龙都化作马驮着唐僧走完了整个行程,实打实地出了力。至于八戒,好吃懒做,走一步推一步,武艺也不高,纯搭便车,有他不多,没他不少,为什么要收编他加入取经队伍?莫非也是为了"凑数"?如果指着鼻子说八戒只是个凑数的,他肯定不认。他会说:打虎亲兄弟,上阵父子兵。俺老猪本事虽然不大,可是"放屁添风"呀,在旁边吆喝几下,壮个胆气,多多少少是在帮大师兄的忙,也有作用可发挥,怎么能叫"凑数"呢?由此说来,人对自己价值的争取和证明,就打开了"数目字管理"的铁一般的缺口。

"西方人"看中华

　　传统中国人对自己的文化有历久不衰的优越感。当古人使用中国或者中华这个概念的时候,是把自己置于天下的中心;而分布于四周的乃是戎狄蛮夷等未开化者。很明显,中国或者中华的背后隐藏着惟我为优的意识。战国时赵国的武灵王准备实行胡服骑射的改革,遭致国内保守主义者的反对,其中一条意见是:"中国者,聪明睿智之所居也,万物财用之所聚也,贤圣之所教也,仁义之所施也,诗书礼乐之所用也,异敏技艺之所试也,远方之所观赴也,蛮夷之所义行也。"简单来说,中国文化并世无双,无所不有,最为先进,只有别人学咱们的,没有咱们反过来学别人的道理。尽管这是在公元前 307 年所说的话,直至 1840 年仍然为许多人所深信不疑。

《西游记》似乎不大相信这一论调,总爱拿"中华"开玩笑。中华,并不像通常人们所认为的那样居于天下的中央;在佛教的世界体系中,须弥山才是中心,其周围分别是东胜神州、西牛贺洲、南赡部洲和北俱芦洲等四大部洲。而那天朝上国大唐,仅仅是南赡部洲中的一个国度。唐僧前去取经,一路上自报家门,为自己安排的头衔是"南赡部洲东土大唐钦差"。这是在佛教的世界坐标中定位取经的行动。

传统中国一向把自己看作具有道德优势的教化者,看作文化的输出方,取经行动似是对这种一厢情愿的认知模式的反讽。第一回写石猴从东胜神州的傲来国花果山漂洋过海到南赡部洲,"见世人都是为名为利之徒,更无一个为身命者"。如果说这还是一个初涉人世的野猴的不确切观察;那么西天极乐世界的如来佛祖的意见就值得重视了,佛祖发话,南赡部洲之人"贪淫乐祸,多杀多争",有必要传真经予以提点。无疑,佛祖指的就是大唐。堂堂天朝上邦国民,在佛祖眼中居然品性低劣,应受教化;净化人心的真经在遥远的西方,"中华"倒应该开门、进口。

这还是泛泛而论。"西方人"视野中的中华究竟如何,作为中华好男儿代表的唐僧则提供了被观察和评价的入口。

在车迟国,悟空与虎力、鹿力、羊力三大仙斗法,有一个项目是比滚油锅洗澡,大家都以为悟空被滚油烹死了,比赛告输,国王准备把唐僧拿下。唐僧此刻毫无脓包状,挺身而出,向国王进言:命可以交出去,只希望暂缓片刻,烧几张纸钱给悟空的亡魂,不枉师徒一场。关键时刻,唐僧大义凛然,说的话在情在理,确实像个带队的师父的样子,没有给"中华"丢脸。那国王闻言,叹道"也是,那中华人多有义气"。如果联系一路上唐僧几乎从未消停过的抱怨,说悟空好勇斗狠会连累到他等等,那所谓"中华人的义气"就要苍白很多。何况车迟国的国王本是个"水性"的君王,拜妖怪为国师,耳朵软,眼睛瞎,意志弱,头脑晕,从他嘴里说出的"中华人多有义气",怎么都像是讽刺。

更可笑的一幕发生在西凉女儿国。温柔多情的国王倾慕唐僧的风采,拟招赘唐僧,这也是一番美意,悟空他们当然不能以寻常妖怪论处,一棒子打死了事;于是设计,先假装答应婚事,为求逼真,连定亲宴也吃了——这最符合八戒的风格,虽说是四个和尚合伙演戏欺骗女人的感情,但终究落得了一顿实惠。只等国王发出签证,准备即刻开溜走人。那国王本以为好事谐矣，没想到蝎子精出来搅局，把唐僧摄去，三个徒弟立刻展露本事，驾雾腾云，飞去救人。女儿国的君臣将相毕竟是女人，哪曾见过这等架势，傻了眼，一个个被唬得跪在地上，"唐御弟是有个有道的禅僧，我们都有眼无珠，错认了中华男子"。女儿国君臣以为是唐僧主动腾云弃她们而走，由此惭愧把唐僧混同于一般经受不住美色富贵诱惑的凡夫俗子，这才对以唐僧为代表的"中华男子"有了重新认识。她们不知道，那是唐僧被妖怪捉去，情况危急，场面所以混乱；并不是中华男子多壮志，不爱红颜爱真经。

调侃的顶点是在第九十一回，唐僧师徒路经灵山旁的慈云寺，那寺里众僧听说唐僧来自中华唐朝，顿时倒身下拜，道"我这里向善的人，看经念佛，都指望修到你中华地托生"。这是何意呢？

如果站在唐僧的立场来看，历经艰难险阻，眼看灵山在望，没料到灵山脚下的僧人居然弃圣地如敝帚而向往中华——真正的灵山在中华，十四年的工夫白费，这够泄气的了。莫非作者在暗示：睫在眼前长不见，道非身外更何求。切莫好高骛远、见异思迁，总以为"西方"的月亮更圆，匆匆忙忙的西行求法是盲目的行动，只有转过一圈，才知道真理就在自家内，"西方"人其实也在羡慕咱们"中华"？

这好像也有依据。因为唐僧他们抵达灵山,发现站在道德的高地上指责中华"多杀多争"的西天圣域也不那么纯洁和干净,同样有龌龊之人与事,佛祖两大高阶弟子阿傩、迦叶公然向唐僧索要"人事",佛祖还包庇他俩。这种习气,必定在灵山蔚然成风。唐僧远来,不明内情,慈云寺与灵山近在咫尺,其僧众自然熟知灵山之辈的一贯行径,所以他们断了指望,而把寄托和期待放在遥远的"中华"那里吧!二十世纪二三十年代,资本主义在高速扩张中暴露出它的弊端,尽显颓势,与此同时,一批有批判精神和理想情怀的"西方"知识者,如法国的罗曼·罗兰、安德烈·纪德等作家,就曾把人类进步的希望投向新兴的"东方"苏联,视如圣地。他们是否也是慈云寺里愿投胎中华的僧人呢?

《西游记》的作者信笔拈来一段"西方"人愿托生中华的故事,并不是要回到还是中华文化最为优越的原点上,西天也只这个样子,何况东土!它或许是要说明极乐世界不过是人们的期待塑造出来的梦幻泡影,执着于去什么圣地取什么经,以便一劳永逸地教化世人,是可笑的。无论是西天,还是东土,都不完美,都不圣洁,而在这样的世界中,最要紧的是"游"。

后　记

过去有一种说法：少不读《水浒》，老不读《三国》。不管这个说法背后的理由能否成立，至少，在许多人心目中，像《水浒》《三国》之类的小说，尽管是经典，也应有其阅读的边界而不能无限制地覆盖到所有不同类型的读者群体；至于《西游记》，却非如此，它诙谐成趣，易调众口，老少咸宜。所以，《西游记》可能是最受大众欢迎、最喜闻乐见的中国古典小说。受众如此之广，流传如此之久，对《西游记》的阐释、研究自是累代不绝，新解迭出，而这也恰恰是经典的魅力之所在。

这本解读《西游记》的小书，并不敢以研究自居，充其量算作一份小"点心"，仅用于开胃；研究属于正餐或者大餐的级别,有很多讲究和规矩,否则不地道、不得体。读者如果想对《西游记》有更深刻的认知,想饱餐一顿,充分汲取其营养,当然不能满足于点心,要去阅读那些更为精细、严谨的专业研究著作。

本书进入《西游记》的立足点,乃世道人心。《西游记》自诞生以来,关于它的主题有诸多说法,其中一个观点就认为,该书深受阳明心学的影响,主要是讲"心"。确实,我们可从书中找到不少有关材料,如孙悟空的师父菩提祖师的道场,在灵台方寸山的斜月三星洞,这是隐喻"心",孙悟空又是个不大安分的角色,按照心学的意思,不安分的根源在于内心的躁动,作为一个灵长类的猴子,心思狂野而放荡,所谓意马心猿,恰合其性。如果把这些材料连贯起来,似乎可以说,这部小说就是用主人公孙悟空起初无法无天而最终成佛修得正果的经历,来暗示世人:人最终会把他跳荡、不安的心撤回到他应该安放的位置上,即复归初心。由此说来,《西游记》未尝不是在"点心"——点化世人执迷之心而能豁然开悟。

但如果我们转换一下角度,不是把《西游记》作为某种哲学的印证,而单纯视如文学作品本身,从小说的文体性质来讲,就是在虚拟的时空中通过合乎情理的事来展示人之为人的种种可能,从而探讨人心的深度和宽度以及牢笼世人的命运、世道,那么,《西游记》同样是在"点心",其作者就像点兵点将一样,在点他所观察和理解的人心与世态。于是,随着作者的指踪,我们也看到了人心的千姿百态与世道的光怪陆离。伟大的小说,便刻录下了这被点到的如此之多的、栩栩如生的心。

这并非指小说乃人心的博物馆,因为博物馆的藏品已属不可逆的过去;而小说总是在展示人心的可能,既是可能,必然会与我们的现实经验相遇,只要还处在它得以产生的历史条件之下。所以我们总能从小说中读到似曾相识而又稍微改头换面的当下场景。也就是说,支撑我们的某些观念、行为的社会依据,其实并未发生根本性的变化。

这本书笔者断断续续写作了两三年,没有明确的预期和规划。起因也只是觉得这部小说实在有趣、好玩,有诸多可供发挥和引申的地方。每有会意,便欣然挥笔;积少累多,遂成此书。在此过程中,每有新得,与同事唐俊峰博士雅聚之时,逸兴遄飞,常信口雌黄,以为谈助。古人以《汉书》下酒,今者以《西游》佐酌,不亦快哉!

该书的写作不可避免地参考到许多相同类型的著作,尤其是笔者的硕士导师华中科技大学中文系何锡章教授的《幻象世界中的文化与人生:〈西游记〉》,以及博士导师复旦大学中文系骆玉明教授的《游金梦》。这两部著作给予笔者无以言喻的阅读乐趣和思考启示，这是必须要说明的。

2017 年仲夏于武汉金银湖畔

图书在版编目(CIP)数据

世道人心说《西游》/肖能著.—上海：复旦大学出版社，2017.8(2023.8 重印)
(复旦小文库)
ISBN 978-7-309-13081-2

Ⅰ.世…　Ⅱ.肖…　Ⅲ.《西游记》研究　Ⅳ.I207.414

中国版本图书馆 CIP 数据核字(2017)第 152088 号

世道人心说《西游》
肖　能　著
责任编辑/宋文涛

复旦大学出版社有限公司出版发行
上海市国权路 579 号　邮编：200433
网址：fupnet@ fudanpress. com　http://www.fudanpress. com
门市零售：86-21-65102580　　团体订购：86-21-65104505
出版部电话：86-21-65642845
浙江新华数码印务有限公司

开本 787×1092　1/32　印张 7.125　字数 109 千
2017 年 8 月第 1 版
2023 年 8 月第 1 版第 2 次印刷

ISBN 978-7-309-13081-2/I·1048
定价：48.00 元